JN156120

映画 くまのがっこう
パティシエ・ジャッキーとおひさまのスイーツ

あいはらひろゆき／著

★小学館ジュニア文庫★

CHARACTER
キャラクター

映画 くまのがっこう
パティシエ・ジャッキーとおひさまのスイーツ

おばあちゃん
ミンディのおばあちゃん。
「スイーツランド」の
パティシエ。

ジャッキー
12ひきのくまのきょうだいの末っ子。
いちばんのいたずらできかんぼうだけど、
がんばり屋さんな
女の子。

ミンディ
おばあちゃんの
スイーツ屋さんを手伝う、
パティシエ見習いの
女の子。

スー
フラッペ村の村長さんの孫娘。
生意気だけど正直者。

村長さん
フラッペ村の村長。
孫娘のスーのことが
大好き。

おにいちゃんたち
ジャッキーの、11ひきのおにいちゃん。
いつもやさしく妹を見守る。

CONTENTS もくじ

くまのがっこうの　くまのこたちは
1、2、3、4…
ぜんぶで　12ひき
みんな　なかよく　くらしています。

12ひきの　くまのこの
11ばんめまでは　みんな　おとこのこ。
いちばん　さいごの　12ばんめ
たったひとりの　おんなのこが　ジャッキーです。

おひさまが、とっても気持ちのいい朝。

牛のマオマオのおうちの前の、うず高く積み上げられた麦わらの中から、子牛のミルクが眠そうに顔を出します。

いたずらっこのミルクったら、こんなところで眠ってたんですね。

風邪ひいたって、知りませんよ。

でも、ミルクはそんなことお構いなし、トコトコと寄宿舎までやってくると、窓から中をのぞいてみました。

寄宿舎の中では、何やらジャッキーたちがワイワイガヤガヤ。

みんなでカップケーキ作りの準備を始めていました。

作り立てのおいしいカップケーキを持って、みんなで近くの草原までピクニックに行く予定なのです。

いちばんめおにいちゃんのディッキーが、元気に号令をかけます。

「カップケーキ作り、始め！」

すると、パティシエ衣装で勢ぞろいしたジャッキーとおにいちゃんたちが、いっせいに準備にとりかかります。

さてさて、おいしいカップケーキが作れるでしょうか。

じゃあ、ここで、「くまのがっこう特製ふんわりカップケーキ」の作りかたを教えちゃいますね。

「くまのがっこう特製ふんわりカップケーキ」の作りかた

①まずは、まんまるのボウルに、小さく砕いた板チョコとバターを入れまして、
②牛乳もたっぷり加えましたら、
③ラップをふ〜んわりとかけまして、電子レンジで1分あたためます。
④ふ〜、ちょっとひとやすみ。
⑤チーン！
⑥チョコとバターが、とろーりと溶けましたら、
⑦卵と砂糖を加えて、泡立て器でかきまぜます。
⑧さあ、ここからが本番、おさぼりしてるヒマはありませんよ！
⑨薄力粉、ベーキングパウダー、アーモンドパウダーをささっとふって
⑩つやつやになるまで、よーくよーく混ぜ合わせます。
これで生地の完成！

⑪さてさて、お次は、12個入りのマフィンカップを用意して、
⑫これにグラシン紙をセットします。
⑬カップに生地をじょうずに流したら（こぼさないように注意して！）
⑭１８０度のオーブンでゆーっくり、ゆーっくり焼き上げます。
⑮待つこと、え～と20分。
⑯はい、「くまのがっこう特製ふんわりカップケーキ」のできあがり～！

完成したカップケーキは、テーブルに並べて冷まします。

その間、おにいちゃんたちはピクニックの準備。

しばらくしてキッチンに戻ってみると、あれあれ、カップケーキが見当たりません。

「カップケーキどこ～？」

「もうリュックにしまっちゃった～？」

おにいちゃんたちは、あっちこっちさがしますが、なかなか見当たりません。

そのうち、テーブルの下でなにやらゴソゴソ。

「うん？」

「そういえば、ジャッキーがいないよ」

「ジャッキーがいな～い」

「なんか、いやな予感がする～」

おにいちゃんたちがテーブルの下をのぞいてみると……

「ジャッキー！」

いました、いました。

いたずらっこのお姫様、ジャッキーです。

ジャッキーは、できたばかりのカップケーキをしあわせそうにかかえては、大きな口で、パクッと食べようとしているところ。

「ジャッキー、そのカップケーキはみんなでピクニックに…」

ケイッキーにいちゃんが言いましたが、時すでに遅し。

カップケーキは、ジャッキーの口の中に次々と消えていったのでした。

「あ〜、おいしかった！

やっぱり、おにいちゃんたちが作るカップケーキってサイコー！」

「こら、ジャッキー！」

ジャッキーは、舌をペロッと出しました。

おにいちゃんたちは、それはもうカンカン！

大きな声でジャッキーを怒ったのでした。

それでもジャッキーはへいっちゃら。

「おさきにしつれ～い！」

相棒のくろくまくん、チャッキーをかかえるといちもくさん、お外に飛び出していったのでした。

やれやれ。

おにいちゃんたちは、がっかり。

「あんな妹になっちゃったのは、ぼくたちの育て方がまずかったせいかなあ？」

「ちょっとあまやかせすぎた？」

「たぶん…」

「あ～、なんだかめまいがしてきた…」

反省会を開くおにいちゃんたちでしたが、おなかも急にすいてきて、とうとう、みんなその場に座り込んでしまったのでした。

あらあら。

そんなこととは知らないジャッキーは、らららんと草原までかけていきました。

草を

「えい！」

って、蹴っ飛ばしながら、チャッキーをおともにお散歩です。

「ねえ、チャッキー、おにいちゃんたちったらひどいと思わない？　カップケーキ食べたくらいで、あんなに怒っちゃってさ」

ジャッキーは自分のいたずらのことはすっかりわすれて、おにいちゃんたちの文句をチャッキーに聞かせます。

「わたしだって食べたくて食べたわけじゃないよ～。

う～ん、それは、やっぱりうそ、えへへへ。

おいしそうだから、つい、みーんな食べちゃったんだ」

チャッキーは、なんだかちょっと困った顔です。

「あ〜あ、おいしいスイーツがおなかいっぱい食べられるところって、ないかなあ…」

ジャッキーがそんなことをチャッキーにむかって話しかけて、前も見ないで歩いていたものですから…

ごつ〰〰ん！

いたたたた…

だれかと思いっきり正面衝突、ばったりと、倒れてしまったのでした。

見ると、そこにはジャッキーとちょうど同じくらいの年ごろの女の子が、やっぱり、

いたたたた…

って感じで、おでこをおさえたまま、うずくまっていました。

しばらく、

「う～う～」

と、うなってから起き上がったふたり。

お互いの額のこぶを見て、思わず大笑い。

「あたしはジャッキー、今家出中なんだ。あなたの名前は？」

「わたしは、ミンディ…え～と」

ミンディはあたりを何やらさがしています。

「ん？」

「どこに行ったかなあ…」

ジャッキーもまねしてあたりを見てみると、それはそれはおいしそうなスイーツの絵が表紙に描いてある本が、近くに落ちているではありませんか。

ジャッキーは、その本を拾い上げると、中をのぞいてみました。

「うわあ、うわあ、うわあ…おいしそうなスイーツがいっぱい！」

ジャッキーの大きな声に振りむいたミンディ、

「あ、それ、わたしの本…ちょっと返して」

と、ジャッキーの読んでいる本を取り返そうとします。

でも、いたずらジャッキーは、

「うわあ、うわあ…」

と叫びながら、逃げ回るのです。

逃げ回りながら、ジャッキーは大声でミンディに聞きました。

「もしかして、あなた…おいしいスイーツがおなかいっ――ぱい食べられるところ、知ってたりして…」

「え？　そんなところ知らないわよ」

「うそ…」

ジャッキー、今度はミンディの体にすり寄ると、くんくんとにおいを嗅ぎ始めました。

「あ〜〜〜」

「何よ、気持ち悪いからやめて」

今度は逆に逃げ回りながら、ミンディが言うと、

「だって、あなたの体から、なんだかあま〜〜〜いにおいがするんだもの」

ジャッキーは、何か大発見でもしたような顔で言いました。

「これは、え～と…昨日牛乳をいっぱい飲みすぎて…たぶん、それで…」

「ちがう！」

「え？」

「これは牛乳のにおいじゃない。あまーいあまーいクリームのにおいだもん！」

自信満々のジャッキー。

「え～～～～？」

「やっぱり、おいしいスイーツがいっぱいあるところ知ってるんだ。ね、そうでしょ？」

ジャッキーはにっこりと笑いました。

「そんなの…知らない」

ミンディはジャッキーから自分の本を奪い取ると、はや足でもと来た道を帰り始めました。

「スイーツの材料に使うハーブを摘みに来ただけなのに、へんな子に会っちゃった…」

急ぎ足のミンディが、ひとりごとを言ったのをジャッキーは聞き逃しません。

「やっぱり！」

「え？　聞いてたの？　もう…」

ミンディは、ますますはや足で歩きます。

ジャッキーも同じようにはや足でついてきます。

「ちょっと…ついてこないでよ」

「ついてく！　だって、ミンディのあとついてったら、おいしいスイーツがいっぱいあるにきまってる」

「ないわよー」

「あるわよー」

「ない」

「ある」

「ないってばー」

「あるってばー」

「もう…そんなこと言って、どんなひどいめにあったって知らないからね」

「やっぱりあるんだあ…」

ジャッキーはにっこり。

あきれたミンディは、とうとう座り込んでしまいました。

ふたりは、山道を登って下って、また登って下って、森を抜けていきました。

「ここよ」

ふと立ち止まって、ミンディが言いました。

「ん？」

ジャッキーが前を見ると、木のかわいい看板に「スイーツランド」という文字と、矢印が書いてありました。

「スイーツランド？」

「そう、ここがスイーツランド、わたしのおばあちゃんのスイーツ屋さん」

「あ〰〰やっぱり、そうだったんだ…」

ジャッキーが森の葉っぱをよいしょとどけて、前のほうに行ってみると…

「うわあ、うわあ…」

ジャッキーの目の前に、大きなお城のような建物がたっているではありませんか。

花の形をした窓がたくさんついている丸い塔の上には、猫の顔の形に「S」のマークがついた旗が風にたなびいていました。

塔の周りに立つ街灯や飾りは、みんなかわいいスイーツの形をしていました。

そして、その建物のあたりからは、さっきミンディから香ってきたよりも、もっともっとあま〜〜〜いにおいがいっぱい漂っていたのです。

「うわあ、うわあ…なにこれ、なにこれ…」

ジャッキーは大興奮で、飛び跳ねました。


あたりを走り回っていたジャッキー、やがて大きな扉を見つけて、そこから中に入ってみました。

そこは、どうやらスイーツランドのパティシエ、ミンディのおばあちゃんがスイーツを作るお菓子工房のようでした。

ジャッキーは興味津々、せまい通路をうろうろし

ながら、あたりをきょろきょろ。

ここには、ボウルやらカップやらヘラやらナイフやら…大小さまざまな道具、ジャッキーが見たこともない、何に使うかもわからないものまでがびっしりと並んでいます。

そして、なんと、うろうろジャッキーはついに発見しました。

工房の奥に飾り棚があって、そこにとろ～りとろけそうなスイーツがいっぱい並んでいたのです。

ジャッキーのおなかが、思わず

「ぐ～～～っ」

と、鳴りました。

「いっただっきま〰〰〰す」

ジャッキーは、そう叫んだかと思うと、スイーツに思いっきりかぶりつきました……のはずが……

「ヘンだなあ、このスイーツ、ちっとも味がしないぞ……」

それもそのはず、ジャッキーはスカートをだれかにつかまれて、宙に持ち上げられていたのですから。

「あれ、あれ……スイーツが小さくなっていく……」

足をバタバタさせるジャッキーでしたが、下にはおりられません。

そして、すぐ近くでとびきり怖そうな声がしたのです。

「何してんだい？　あんた」

ジャッキーがなんとか首をくるっと回してみると、スカートをつかんで持ち上げていたのは、震えあがりそうなほど怖い顔をしたおばあちゃんでした。

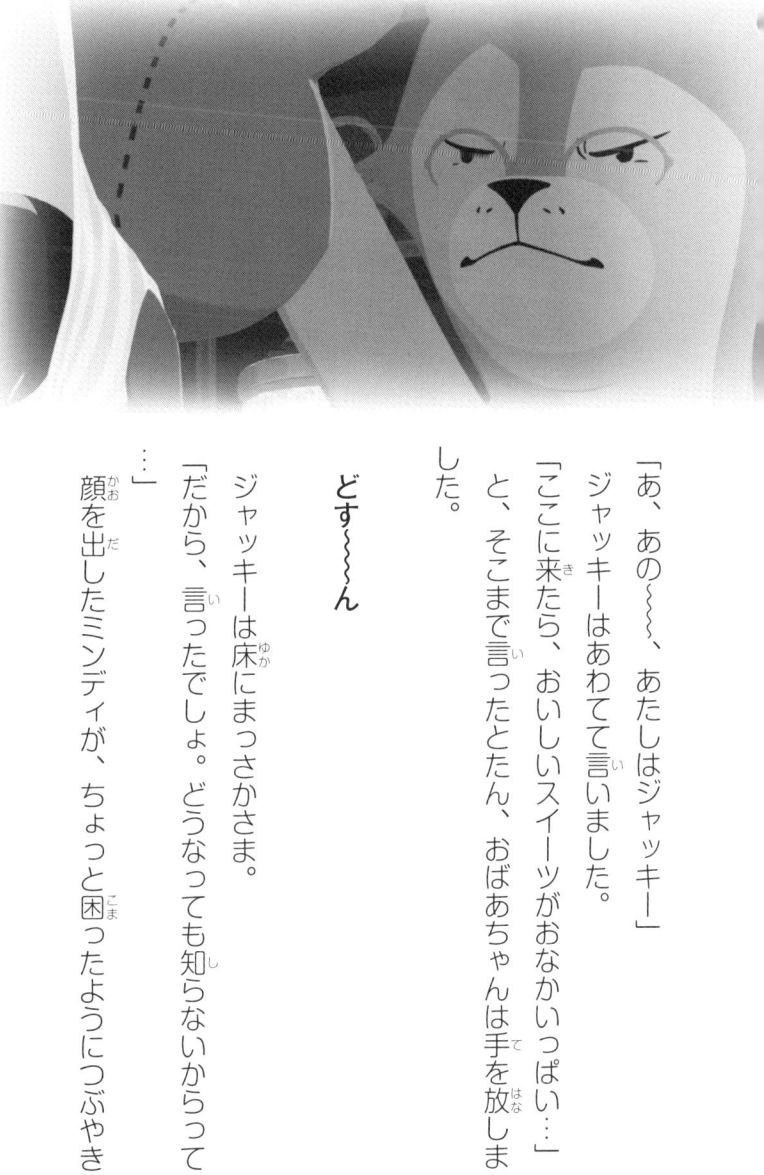

「あ、あの〜〜、あたしはジャッキー」
ジャッキーはあわてて言いました。
「ここに来たら、おいしいスイーツがおなかいっぱい…」
と、そこまで言ったとたん、おばあちゃんは手を放しました。

どす〜〜ん

ジャッキーは床にまっさかさま。

「だから、言ったでしょ。どうなっても知らないからって…」

顔を出したミンディが、ちょっと困ったようにつぶやきました。

　ヘナヘナと座り込んだジャッキーを眺めながら、おばあちゃんはめんどうくさそうに話します。

「やれやれ、子どもだからって、うまいもんをなんでもタダで食べられると思ったら、大まちがいだよ」

「は、はい」

「食べたかったら、まず働きな。皿洗いだって、道具磨きだって…仕事なら山ほどある」

「は、はい」

「さあ、お嬢ちゃん、何から始める？」

　ジャッキーは、思わず目が点になってしまったのでした。

ジャッキーは、その日からミンディのおうちに泊めてもらうことになりました。
そのことを、ジャッキーは電話でおにいちゃんたちに知らせました。
「あ～、ディッキーにいちゃん？
わたしね、今日からスイーツランドにお泊まりすることになったの。
うん？
なんでかって？
パティシエさんの『しゅぎょー』することになったから。
うん、よくわかんないけど。
『しゅぎょー』したら、きっとおなかい～っぱいスイーツが食べられると思うんだ。
そう、うん、
だから、がんばるね。

おやすみなさい」

ジャッキーは電話を切ってから、ふと首をかしげました。

「ところで、『しゅぎょー』って何するのかな?」

スイーツランドの朝は、まだ暗いうちから始まります。

工房では、おばあちゃんとミンディが「マカロン・パリジェンヌ」というお菓子を作る準備をしています。

「マカロン・パリジェンヌ」は「マカロンリス」とも呼ばれ、マカロンの女王様、そして、スイーツランドの看板メニューのひとつです。

まず、おばあちゃんがこし器に入れて、こし始めたのは、アーモンドプードルとパウダーシュガー。

アーモンドプードルっていうのは、アーモンドを砕いた粉のことで、これを入れるとマカロンがとっても香ばしくなります。

こし終わったら、そこに食紅を加えて、よく混ぜます。

その間、ミンディはボウルに卵の白身だけを割り入れ、グラニュー糖を加えながら、泡だて器で泡だてます。これがメレンゲになります。

「ミンディ、メレンゲはできたかい？」

「はい、おばあちゃん」

「どれ？」

おばあちゃんはボウルの中身を確認すると、

「うん、いい出来だ」

と、うなずいて、そこにさっきの粉を混ぜ合わせます。

ここからが、マカロン作りではいちばん難しいところです。

「いいかい？　ミンディ。よーく見ておくんだよ」

おばあちゃんは、ボウルの中身をゴムベラで切るように、さくっさくっと混ぜ合わせていきます。

ミンディは、おばあちゃんの手の動きを真剣に見つめます。

混ざった生地をボウルに押し付けるようにして泡をつぶしていくおばあちゃん。

「これは？」

「マカロナージュね」

「ああ、そうさ、マカロンのつややまろやかさは、このマカロナージュがうまいか下手かで決まる。ほら、おまえもやってごらん」

おばあちゃんは、ボウルをミンディにわたしました。

「うん」

おばあちゃんからボウルを受け取ると、ミンディはおばあちゃんと同じようにひとつひとつていねいに泡をつぶしていきます。

おばあちゃんは、ミンディの手さばきをじっと見つめました。

「マカロナージュは、やり足りなけりゃ生地がぱさぱさで、焼いたあと簡単に割れちまう。でも、やりすぎちまったら生地はやわらかすぎて、形がうまく作れなくなる」

おばあちゃんが言います。

「生地にきれいなつやが出て、リボンみたいな形でポタンと下に落ちるようになったら完成だ。いいかい、手と目でその感触を覚えるんだ」

「はい」

ミンディの目は、真剣そのものです。

できあがった生地は1時間ほど寝かせてから、150度のオーブンで20分焼き、最後にスイーツランドのお店のマーク、「猫形にS」の焼き印を押して完成です。

きれいなつやの出た、うすピンクのマカロンがテーブルに並びました。

「うん、よくできた」

おばあちゃんは、大きくうなずくとエプロンで手をふきました。

バタン！

と、そのとき、大きなドアの音がしました。

ふたりが見ると、そこにはパティシエ姿のジャッキーが、偉そうな格好で立っていました。

「えっへん。パティシエさんのしゅぎょー、はじめ〜〜〜〜！」

ジャッキーは大声を出すと、工房に駆け込んでくるのでした。

おばあちゃんとミンディがスイーツ作りをしているうしろで、ジャッキーはお皿を洗ったり、道具を運んだり、おばあちゃんの指示どおりに一生懸命働きます。

それでも、パティシエ修行なんてはじめてのジャッキーですから、もちろん失敗ばかりです。

お皿が次々に割れ、道具は床にころがり、ジャッキーはとうとう小麦粉を頭からかぶって座り込んでしまいました。

「やれやれ、あんた、この店をぶっ壊しに来たのかい？」

おばあちゃんに言われて、ジャッキーは

「えへ」

と、舌を出したのでした。

「こんちは」

とつぜん、入口のほうから声が聞こえました。

「はーい」

ミンディが出てみると、そこには、この村の村長さんと孫娘のスーが立っていました。

うしろには、真っ黒な服を着て、サングラスをかけた怪しげな男もいます。

村長さんは背が小さくて、おなかが出ていて、ちょっといじわるそうな顔をしていました。

「邪魔するよ」

村長さんは、ミンディに構わず、ズカズカと工房の中に入っていきました。

「ちっ、またあんたのおでましかい？」

おばあちゃんは、ちらっと村長さんの顔を見て、言いました。

「おっと、ずいぶん歓迎されたもんだ。はっはっは」

村長さんは、でっぷりとしたおなかをゆすって、わざとらしく笑いました。

「で、ばあさん、そろそろ決心してくれたかい？　このスイーツランドを手放すこと」

村長さんは、工房の中をジロジロと眺めながら言いました。

「スイーツランドも、最近じゃあ、なんだかうす汚れて、おんぼろになっちまったもんだなあ、ばあさんよ」

「ちっ、うるさいね」

「これじゃあ、客も寄りつくまいよ」

「大きなお世話だよ」

「ワシに任せてくれれば、このおんぼろスイーツランドをぶっ壊して、ぴっかぴかの高級ホテルに建て替えてやる。ばあさんは、レストランの下働きで雇ってやるさ。はっはっは。なあ、悪い話じゃないだろ？」

「どうせ、あんたが金もうけしたいだけだろ？」

「ワシは村のみんなのことを考えてだな…」

「スイーツランドはわたしのたからものだ。だれにもわたしゃしないよ」

おばあちゃんの言葉を聞いて、村長さんは吐き捨てるように、

「この頑固ばばあが…」

とひとりごとを言いました。

ふたりが話している間、孫娘のスーは工房の中をすばしっこく走り回っては、出来立てのマカロン、材料のチョコやナッツ、トッピング用のいちごやオレンジなんかをせっせとつまみ食いしています。

ジャッキーは、それを

「こら、待て！」

と追いかけまわしましたが、スーは

「べ〜〜〜だ」

と舌を出して、素早く逃げるのでした。

「もう！　かわいくないんだから！」

ジャッキーは追いかけるのをあきらめて、座り込んでしまいました。

「じゃあ、ばあさん、こういうのはどうだい？」

「ん？」

「今年も恒例のフラッペ村スイーツコンテストが開かれる。そこで、ワシが連れてきたパティシエと勝負しないか？」

「なんだい、そりゃ」

「で、ワシのパティシエが勝ったら、このスイーツランドはワシに譲ってもらう。スイーツ対決となれば、逃げるわけにはいかんわな、ばあさん」

おばあちゃんは、村長さんをにらんで言いました。

「じゃあ、あんたが負けたらどうするんだい？」

「そんときは、スイーツランドには指一本ふれやしない。

ホテルはあきらめるよ」

「いいだろう。わかったよ」

「よし、決まった」

村長さんは、にやりと笑って言いました。

それから、急に
「スーや、さあ帰りますよ」

と、猫なで声を出すと、スーがどこからか急に村長さんの前に現れました。

「おじいちゃん、また悪いことしてたの?」

「何を言うんだい、スーや。おじいちゃんはね、人助けを…」

「いいかげんにしないと、もう遊んであげないよ」

村長さんの話を聞かずにそう言うと、スーはすごい勢いで走っていったのでした。

「スーや、ちょっと待っておくれ」

村長さんは、あとを追いかけるように出ていきました。

村長さんたちを見送ったジャッキーは、思わず言いました。

「何よ、あのおじいさん、感じ悪いったらありゃしない。それに、あのおチビも」

「スーは悪い子じゃないわ。ただ、さびしがりやなだけなの」

ミンディは言いました。

おばあちゃんは少し何かを考えていましたが、そのまま工房を出て、家のほうに戻っていきました。

「おばあちゃん、だいじょうぶよね？　あんないじわるじいさんなんかに負けないわよね」

ジャッキーが言うと、ミンディは心配そうな顔になりました。

「おばあちゃん、体の具合が悪くてね、去年は2回も倒れたんだ。少しは休んでっていくら頼んでも、言うこと聞いてくれなくて」

「そうなんだ」

「また無理して倒れたりしないといいんだけど…」

「うん…」

ジャッキーも、なんだか急に心配になったのでした。

その日の夜、ジャッキーはまたおにいちゃんに電話をしました。

「あ、ウーリーにいちゃん？
今日ね、ぽっちゃりさんでいじわるな村長さんが来てね…
ううん、ウーリーにいちゃんのことじゃなくて…
その、ぽっちゃりさんのね…

だから、ウーリーにいちゃんのことじゃないって……

でね、そのぽっちゃりさんの…だから、ウーリーにいちゃんがぽっちゃりだなんて言ってないでしょ？

もういいや。

おやすみなさい」

ジャッキーは電話を切って、首をかしげました。

「ウーリーにいちゃん、もしかしてダイエットでもしてるのかな？」

と、そこへ、おばあちゃんが顔を出しました。

「電話かい？」

「ええと、おにいちゃんに……」

「ほう、そうかい」

「11にんもいるんで、大変なんです」

「にぎやかでいいじゃないか。ミンディはひとりっこでね。ずっとさびしい思いをさせてきた」

おばあちゃんは、遠くを見るような目をしました。

「あんた、ミンディの友だちになってくれないかい？」

ジャッキーは、ちょっと困ったような顔になりました。

「友だちになるのは困るかい？」

「えっと、ミンディとはもう友だちだから」

おばあちゃんは、おかしそうに笑いました。

おばあちゃんも笑うんだ、とジャッキーは少しうれしくなりました。

「それはよかった。ミンディと仲良くしておくれね」

「はい」

おばあちゃんはそれだけ言うと、また工房のほうにおりていきました。

次の日から、おばあちゃんは少しも休まずに、コンテストに出すスイーツ作りに没頭しました。

それはもう、もともと怖いおばあちゃんがもっともっと怖くなってしまったようで、ジャッキーはとても声をかけられませんでした。

なので、おばあちゃんのうしろを通るときは、おそるおそる歩くくらいでしたが、集中しているおばあちゃんは、ジャッキーが歩いていることにさえ気がつかないようでした。

その間、ミンディは

「おばあちゃん、何日も全然寝てないの」

と、とても心配そうにしていましたが、その心配が当たって、とうとうおばあちゃんは病気で倒れてしまいました。

おばあちゃんは、お医者さんの指示でベッドに横になったまま、もうスイーツ作りはできなくなってしまったのです。

フラッペ村スイーツコンテストの日は、もうそこまで迫っています。

このまま、スイーツランドはいじわるな村長さんに乗っ取られてしまうのでしょうか……。

おばあちゃんが倒れてから、ミンディとジャッキーはずっとおばあちゃんの看病をしていました。

そんなふたりに、おばあちゃんは言いました。

「こんなときにすまないね。情けない話だ、まったく」

「おばあちゃん、今はゆっくり休んで」

ミンディが言いました。

「そうよ、早く元気にならなきゃ」

ジャッキーも言いました。

でも、おばあちゃんは首を振って、言いました。

「わたしは、どうやらもうダメみたいだ。新しいスイーツを考える力も残っちゃいないようだし」

「そんなこと…」

「コンテストも、あきらめるしかない…」

おばあちゃんはポツリと言いました。

その顔はとても悲しそうでした。

それを聞いたミンディは、思わず立ち上がって叫びました。

「そんなのダメ！　ダメよ！」

ミンディの目には、いっぱい涙が浮かんでいました。

そして、その手は、強く握られていました。

「すまないね」

おばあちゃんはそう言うと、力なく目を閉じました。

ミンディは、それを見て、いてもたってもいられず、大声で言いました。

「わたしが、コンテストに出る！」

「え？」

おばあちゃんは、びっくりして目を開けました。

「わたしが、おばあちゃんのかわりに、コンテストに出る！」

「おまえにはまだ…」

「だって、スイーツランドはおばあちゃんのたからものでしょ？」

ミンディは言いました。

「だから、わたしが守る！」

ミンディの唇は震えていました。

ジャッキーは、そんなミンディをはじめて見ました。

ミンディは、それだけ言うと、走るようにしておばあちゃんの部屋を飛び出しました。

ジャッキーもあわててついていきました。

部屋を出ると、ミンディに大興奮のジャッキーは、思わず言いました。

「ミンディ、すっごくかっこよかったよ！」

でも、ミンディはというと、今度はわなわなとその場に座り込んでしまったのでした。

「ジャッキー、わたし、どうしよう？　あんなかっこいいこと言っちゃって…」

それは、さっきとはまるで別人のような弱々しい声でした。

「え～？　どうしたの？　ミンディ」

ジャッキーは、ミンディのあまりの変わりようにびっくり。

「わたしが、おばあちゃんのかわりにコンテストに出るなんて、絶対無理！」

「何言ってるのよ、ミンディ。さっきはあんなにりっぱに…」

「思わず言っちゃったの」

「え〜？」

「おばあちゃんがあんまり悲しそうだから、なんとかしてあげたいと思って、思わず言っちゃった…」

「そうだったんだ…」

「でも、できっこない。わたし、なんてバカなこと言っちゃったんだろう？」

ミンディは座り込んだまま、今にも泣きだしそうでした。

「だいたい、コンテストにどんなスイーツを出せばいいの？　全然わかんないよ」

ジャッキーは、不思議なことに、そんなミンディがなんだかかわいく思えて、つい笑ってしまいました。

「何、笑ってるのよ」

ミンディはちょっとはずかしそうに言いました。

「ミンディって、ほんとにおばあちゃんが好きなんだね。あたしがミンディでもきっと同じこと言ったと思う」

「そうかなあ」

「そうだよ」

ミンディは、少しほっとしたような顔になりました。

その夜、ジャッキーはまたおにいちゃんに電話をしました。

「あ、アントンにいちゃん？
大変なの、おばあちゃんが倒れちゃってね。
うん、おばあちゃんはだいじょうぶなんだけど、でも大変なの。

何(なに)がって？

だから、ミンディがコンテストに出(だ)すスイーツを作(つく)ることになっちゃったの。

え？　おにいちゃんたち応援(おうえん)に来(く)る？

ほんとに？

でも…

あ、切(き)れちゃった」

ジャッキーは受話器(じゅわき)を置(お)くと、首(くび)をかしげました。

「おにいちゃんたち、カップケーキ以外(いがい)作(つく)ったことあるのかな？」

次の日、ジャッキーとミンディは、コンテストに出すスイーツのアイデアを相談しました。

ミンディは、自分で書きためた分厚いレシピ帳を何度も見返しながら、う～んう～んとうなっています。

でも、ジャッキーはのんきなもの。

「あたしはねー、とびっきりあまくてねー、ほっぺたが落ちちゃう、そうそう、世界一お砂糖みたいなスイーツがいいと思うなー」

とか、

「それともー、チョコがい～っぱいのってて、体全体がとろけちゃう、そうそう、世界一チョコレートみたいなスイーツでもいいなあ…」

とか。

あんまり、いえいえ全然参考にならないようなアイデアばかり出しています。

まじめなミンディは、おばあちゃんのかわりにコンテストに出るっていうプレッシャーに押しつぶされそうになっていました。

だから、のんきなジャッキーを見て、つい
「ジャッキー、あなたはスイーツのことなんてなんにも知らないでしょ？　少し黙ってて！」

と、どなってしまったのでした。

それまでニコニコ顔だったジャッキーは、急にしょんぼりしてしまいました。

いつもは物静かなミンディが大声を出したので、おどろいてしまったのです。

「ごめんなさい」

ジャッキーは、すごすごと流し場のほうに歩いていくと、お皿洗いを始めました。

ミンディは、ジャッキーにひどいことを言ってしまったと思いましたが、うまくあやまることができませんでした。

次の日も、ふたりはなかなか仲直りできません。

それを見て、おばあちゃんがミンディを呼びました。

「ジャッキーとけんかしたのかい？」

「うん」

おばあちゃんは、うれしそうに目を細めました。

「おまえが、けんかをねえ…」

「わたし、コンテストのことで頭がいっぱいで…。だからジャッキーにひどいことを…」

「友だちだ、けんかくらいするさ」

「でも…」

「けんかするってことは、ほんとの友だちになったってことだよ」

おばあちゃんは言いました。

「たしかに、あの子はスイーツのことなんか何も知らない。でも、そんなことより、もっと大切なものを持ってる」

「え？」

「それは、人を元気にする力だよ」

「人を元気にする力？」

「そうさ」

おばあちゃんは言いました。

「コンテストに勝つためには相棒がいる。おまえが持ってないものを持っている相棒がさ。あの子はいい相棒になるよ」

「相棒…」

「さあ、早く行って、あやまっておいで」

おばあちゃんに言われて、ミンディは飛び出していきました。

ミンディが工房に行くと、ジャッキーは何かを一生懸命ノートに書いているところでした。

「ジャッキー」

ミンディが声をかけると、ジャッキーはおどろいたようにミンディを見ました。

「ジャッキー、この間はごめん」

「え？」

「コンテストに出すスイーツ、いっしょに考えてくれない？」

「でも、あたし、スイーツのことなんにも…」

「だいじょうぶ、ふたりで最高のスイーツ作ろう」

「ほんとに？」

「うん！」

ジャッキーの目が、みるみる輝きました。

「ミンディ、あたしがんばる！　がんばるね！」

「ところで、そのノートなに？」

ミンディが聞くと、ジャッキーはちょっとはずかしそうにノートをミンディに見せました。

そこには、「どんなに食べてもおなかがいっぱいにならない、くいしんぼうのスイーツ」とか「お風呂で食べるジャブジャブスイーツ」とか、おかしなスイーツのアイデアがノートいっぱいにぎっしり並んでいました。

それを見たミンディは、思わずふきだしてしまいました。

「もう、ミンディったら。笑わないでよ」

「でも、おもしろいんだもん！」

「えへへ」

「これ、みんなジャッキーが考えたの？」

「うん」

「すごーい！　わたしはこんなアイデア、絶対に思いつかない」

「そうかなあ？」

「そうよ」

ミンディは、楽しそうに笑いました。

「わたしたち、やっぱりいい相棒なのかもしれないね」

「あいぼう？」

ジャッキーはなんのことかわからず、きょとんとするのでした。

ジャッキーとミンディは、いよいよ本格的なアイデア出しを始めました。

ミンディが次々とスイーツのアイデアをイラストにしては、ジャッキーに見せていきます。

ジャッキーは、そのたびにマル・バツの札を出すのです。

①いちごとチーズのふわカリ・スフレ・パンケーキ、めしあがれ！

「うわあ、おいしそう！　マル！」

②かき氷でできたデコレーションケーキはいかが？

「冷たくてサイコー！　もちろんマル！」

③クロワッサンとマカロンががっちゃんこ、これどうかしら？

「どんな味なんだろう？　楽しみ〜マルで〜す！」

④じゃあ、アイスクリームをパンケーキで包んじゃったら？

「あ〜、もうノックダウン！　マル！」

⑤カリカリナッツのシュークリーム、シルブプレ？

「あ〜、もうおなかすいちゃった〜〜〜ニジュウマルあげちゃう！」

⑥ハンバーグにろうそくを立てたハンバーグケーキ！

「え〜〜〜〜？　それは…バツ！」

「ロイ、だから、ハンバーグはスイーツじゃないって言っただろ！」

なんと、そこにいたのはおにいちゃんたちではありませんか。

「おにいちゃん！」

ジャッキーは、おどろいたのなんのって。

「ジャッキー、手伝いに来たよー」

「来たよー」

スイーツ作りとはあんまり関係のなさそうな道具をいろいろ持ったおにいちゃんたち、並んでごあいさつ、なのでした。

ジャッキーはなつかしいやら、はずかしいやらで、なんだかドギマギ。

「あたしのおにいちゃんたち」

ちょっと困って、ミンディにおにいちゃんたちを紹介しました。

「ちょっと変わってるけど、いいところもあるのよ」

ミンディはそれを聞いて、くすっと笑いました。

「こんにちは。ミンディです」

ミンディもごあいさつ。

とたんに、なぜかロイにいちゃんの顔が真っ赤に。

どうやら、ミンディに一目ぼれをしてしまったみたいです。

「ロイ、またかよ。もうおまえはすぐ恋しちゃうんだから～」

おにいちゃんたちは真っ赤なロイにいちゃんを持ち上げると、列のうしろに連れていったのでした。

さあ、おにいちゃんたちも加わって、いよいよスイーツ作りも本番です。

おにいちゃんたちが、たまった皿やごみを片付けたり、手伝いを始めている間、ジヤッキーとミンディはまじめな顔で黒板とにらめっこ。

コンテストに出すスイーツのアイデアを絞り出します。

でも、これっていうアイデアは全然思いつきませんでした。

ミンディはつかれて、ばったりイスに座り込みました。

「あ〜、どうしよう？　ちっともいいアイデアが思いつかない…」

ジャッキーは、そんなミンディを見つめて言いました。

「ねえ、ミンディ。ちょっとお散歩行かない？」

「お散歩？」

「そう、お散歩。困ったときはお散歩に限るんだ」

「でも…」

「いいからいいから、さあ、行こ」

ジャッキーは、ミンディの背中を押して、お散歩に連れ出したのでした。

「さあ、着いた」

ふたりがやってきたのは、一面に黄色いじゅうたんを敷き詰めたような、広い広いひまわり畑でした。

夏のおひさまが、ひまわりを明るく照らしていました。

ジャッキーは、ひまわり畑の真ん中にごろーんと横になりました。

「ほら、ミンディもお昼寝しよ」

ジャッキーはそう言うと、ミンディの腕を引っ張りました。

「うん」

ミンディもジャッキーのとなりで横になりました。

ふたりをおひさまが照らします。

「ここ、よく来るの？」

「うん、おにいちゃんたちとけんかしたときとか…」

ジャッキーはちょっとなつかしそうに言いました。

「ここでこうやって、おひさまといっしょにお昼寝してるとね、いやなこととか忘れて、いつのまにかニコニコ笑顔になっちゃうんだ。おひさまってすごいよね」

ジャッキーはそう言うと、思いっきり伸びをしました。

「あ～、気持ちいい。ね？」

「え、ええ」

ふたりはしばらく、目をつぶっていました。

心地よい風が、頬をなでていきました。

どこかで、鳥の声が聞こえました。

そして、おひさまがふたりをやさしく見守っていました。


「ねえ、ミンディ」

ジャッキーが聞きました。

「ん？」

「ミンディはさ、どうしてパティシエさんになろうと思ったの？」

ミンディはなつかしそうな目になって、答えます。

「わたしがね、まだずーっとちっちゃいころ、おばあちゃんのマネして、はじめてのスイーツを作ったの」

「うん」

「いちごにクリームをのせただけの、スイーツなんてもんじゃないけど」

ミンディは、ちょっとおかしそうに笑いました。

「でも、それをおばあちゃんがおいしいって食べてくれたの」

「へえ～」

「それでね、食べ終わったお皿に、チョコペンで大きなひまわりのはなまるを描いてくれたんだ」

「ひまわりのはなまる？」

「うん、おばあちゃんもひまわり好きでね」

ジャッキーは想像してみました。

ちっちゃな、ちっちゃなミンディが、かわいいいちごのスイーツを作って、

それをおばあちゃんが食べて、

大きな、大きな、ひまわりのはなまるを、お皿に描いてくれる。

それは、なんだか涙がこぼれそうになるくらい、美しい光景でした。

「すてきね」

ジャッキーは言いました。

「そのときのおばあちゃんの笑顔、わたし、ほんとにうれしかった」

「うん」

「わたし、だから、パティシエになったの。おばあちゃんのあのときの笑顔がもう一度見たく

て」

「ふ～ん、そうだったんだあ。なんかミンディらしい」

「おばあちゃんってね、あんな感じですっごく怖そうだけど、ほんとはすっごくやさしいんだ」

ミンディは起き上がると、ひとつ伸びをしました。

「でも、パティシエになってからは、おばあちゃん、ちっとも笑ってくれなくなった」

「厳しいもんね」

「わたしがなかなかいいパティシエになれないから、心配ばっかりかけて、おばあちゃん、体壊してるのに、わたしはちっとも助けてあげられなくて…」

ミンディの目から涙が流れました。

「ミンディ、元気出して」

ジャッキーは、ミンディの肩をぽんぽんとたたきました。

「ありがとう」

ミンディは立ち上がると

「あ～あ、もう一度おばあちゃんの笑顔を見たいなあ」

と言いました。

それを聞いたジャッキーは、しばらく何か考えていましたが、とつぜん

「あ～～～～～～～！」

と、すっとんきょうな声をあげました。

びっくりしたミンディがジャッキーのほうを振り返ると、ジャッキーは顔じゅう笑みになって言います。

「それよ、ミンディ！」

「え？」

わけのわからないミンディが、聞き返します。

「それよ、それ！」

「ちょっと、ジャッキー、それじゃわかんないよ」

ジャッキーはミンディの肩をつかんで言いました。

「おばあちゃんを笑顔にするスイーツ」

「？」

「ううん、おばあちゃんだけじゃない、食べた人みんなを笑顔にしちゃうスイーツ！」

ジャッキーはおひさまを見上げて、叫びました。

「おひさまのスイーツ！」

「…おひさまの、スイーツ？」

「そう、おひさまのスイーツ！」

ジャッキーはにっこり。

「だって、おひさまってみんなを笑顔にしちゃうでしょ？」

「うん」

「だから、おひさまのスイーツ！」

「そうかあ」

「そう」

「そうだね」

「そうなの」

「そうだそうだ」

「うん、そうだそうだ」

ふたりは手を取り合って、くるくると飛び跳ねました。

「ジャッキー、ふたりで力を合わせて作ろう！」

「もちろん！　あたしだってパティシエさんだもん」

「そうだった」

「えへん！」

「もう、ジャッキーったら」

「あはははは」

ふたりは大声で笑いあいました。

工房では、ジャッキーやミンディがいなくて退屈なおにいちゃんたちが、お皿をきれいに並べているところでした。

アルバートにいちゃんとマックスにいちゃんがおしゃべりをしています。

「あ～あ、ジャッキーたち、おそいね」

「うん」

「せっかく手伝いに来たのにね」

「うん」

「うん、ばっかり言ってないで、なんとか言ってよ」

「うん」

「もう…」

マックスにいちゃんは、さっきから、うん、ばかりです。

「でもさ、こんなことしてて、ぼくたち、ジャッキーの役に立ってるのかな？」

「立ってると思うよ」

めずらしく、マックスにいちゃんが答えました。

「どんなふうに？」

「なんていうか、その…」

「うん」

「お皿がきれいだと気持ちがいい、とか」

「うん」

「お皿がきれいだとうれしい、とか…」

「そうかあ。なら、よかった」

「うん」

と、そこにジャッキーの大きな声が遠くから聞こえました。

「お〰〰い、おにいちゃ～んたち～！　手伝って〰〰〰〰〰〰」

その声を聞いて、マックスにいちゃんとアルバートにいちゃんは思わずにっこり、ハイタッチをしたのでした。

ジャッキーとミンディはすごい勢いで、スイーツランドの工房に駆け込んできました。

「どうしたの？　ジャッキー」

ディッキーにいちゃんが聞きました。

「スイーツ作りの道具や材料を、み～んなひまわり畑に運ぶの！」

「どうして？」

「だって、おひさまのスイーツはおひさまの下で作らなくっちゃ！　ねえ、ミンディ」

「うん！」

ミンディはうれしそうにうなずきました。

「さあ、早く！」

おにいちゃんたちはさっそく、荷車にあれやこれや道具を積み込みました。

大きなフライパンやボウル、薄力粉2袋とはちみつ、卵もたくさんかごに入れました。

「よし、これでオッケー」

ディッキーにいちゃんとウーリーにいちゃんが荷車をひいて、ほかのおにいちゃんたちがうしろから押しました。

ジャッキーとミンディは、泡だて器やボウルや、いろんな道具をかかえて、あとに続きます。

そこに、村長さんの孫娘のスーが顔を出しました。

「あ〰〰〰、この子スパイに来たのね～」

それに気づいたジャッキーが、大声を出しました。

でも、ミンディは
「こんなんじゃないわよね」

と言うと、やさしくスーに語りかけました。

「スー、あなたも手伝ってくれるの？」

スーはちょっともじもじ。

「ありがとう。助かるわ。さあ、行きましょう」

ミンディはスーの肩をやさしく抱くと、背中をそっと押しました。

スーはうれしくなって、ゴムまりのように先頭になって走っていきました。

「スーは、ほんとはとってもいい子なのよ」

「ふ〜ん」

ジャッキーは、まだピンと来ません。

「わたしと同じだから、わかるんだ」

ミンディはなんだかうれしそうです。

「まあ、仲間は多いほうがいいわ、行きましょう」

ジャッキーも走りだしました。


みんながひまわり畑に着きました。

おひさまは、ますますぽかぽかとあたりを照らしています。

「きもちいいね」

「うん、きもちいいね」

おにいちゃんたちはなんだかニヤニヤ。

さっそく、おひさまの下に青空工房。

大きな布を敷いて、その上にスイーツの食材を並べます。

「さあて、おひさまのスイーツ作り、始め！」

ジャッキーの号令でみんながいっせいにスイーツ作りにとりかかります。

「あれ？　でもコンロがないよ～」

みんなが言いだしました。

でも、だいじょうぶ。

大きなアルミホイルを地面いっぱいに敷いて、その上にフライパンをのせます。

これでおひさまの光を集めて、コンロのかわりにするのです。

「おひさまのスイーツだもんね」

すごーい！

◎「ミンディ&ジャッキー特製　大きな大きなおひさまのスイーツ」の作りかた

①まずは、たーくさんの卵をかちんかちんと割りまして、白身と黄身に分けてボウルに入れていきます。

②白身のボウルは、氷を入れた箱の中で冷やしておきま〜す。

③黄身のほうのボウルには、マヨネーズとレモン、オレンジにシナモン、それから、おにいちゃんたちが寄宿舎から持ってきた、牛のマオマオのミルクを入れて、ゆーっくり混ぜ合わせます。

サンキュー、マオマオ！

④それから、黄身のボウルにたーくさんの薄力粉とベーキングパウダーを入れて、泡だて器でぐるぐるぐるぐるかき混ぜます。

途中でバニラエッセンスも、たらたらとたらします。

ここでちょっとひとやすみ。

えっ、もう？

⑤さてさてお次は、白身のほうのボウルをえっちらおっちら運んできたら、その中にお砂糖を加えて、メレンゲちゃんを作ります。

ねえ、ミンディ？　かたさはこれくらいでいい？

オッケーよ。
よーし！

⑥そうしたら～、白身のボウルと黄身のボウルをがっちゃんこ、こぼさないように
いっしょに混ぜ合わせます。
ゴムのヘラを使って、サックサック。
メレンゲの塊がすこーし残るくらいがいい感じだよ！

⑦そうして、いよいよフライパン登場。
おひさまの力ですっかり熱くなったフライパンにバターをたっぷり入れまして、
とろーりと溶けだしてきたら、フライパン全体になじませます。

⑧みんなで重いボウルをよいしょっと持ち上げて、フライパンの中に生地をやさしく流し込みます。
フライパンをぐるるるんと回しながら、生地をまあるく、おひさまの形にしていきます。

⑨それから、フライパンの中に熱いお湯を流し込みます。
やけどに注意だよ～。

じゅ～～～～～っと大きな音がしたら、アルミホイルでふたをして、3分間。

いい感じに焼けましたら、みんなで力を合わせてひっくり返し、またまたお湯をじゅ～～～～～っと入れて3分間。

焦げないように、ときどきチェックしながら…。

⑩そうすると、おひさまの光をい〜〜〜っぱいに浴びた生地がぷ〜〜〜〜ってお なかみたいにふくらんでくるのです。

すご——い！

⑪おひさまにむかって、いっぱいいっぱいふくらんだら、オッケー。

最後の最後は、お待ちかねのトッピングの時間で〜す。

かごにいっぱい入った、色とりどりのベリーを渦巻き状に並べていきます。

そして、いよいよクライマックス！

大きな容器に入った、とろっとろのはちみつ

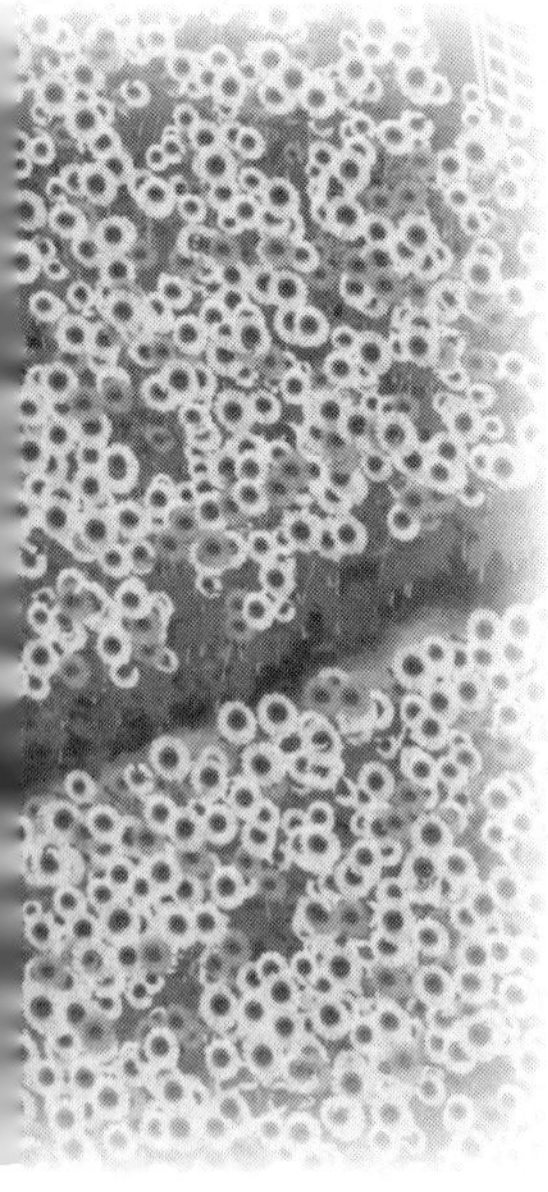

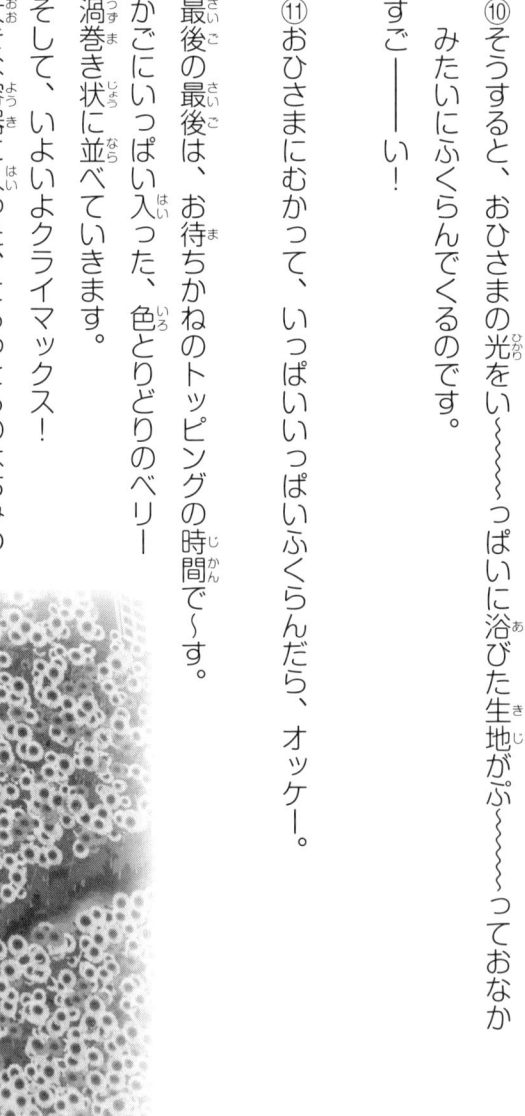

を生地の上からかけていきます。

はちみつとおひさまの光に染まって、生地がみるみる黄金色に輝いていくではありませんか。

すごーい、すごーい、

ジャッキーもおにいちゃんたちも大喜び。

まるで、雲のすきまから顔を出したおひさまが、にっこりと笑って、空いっぱいに輝きわたるように。

ひまわりが黄色い花びらを思いっきり大地に広げるように。

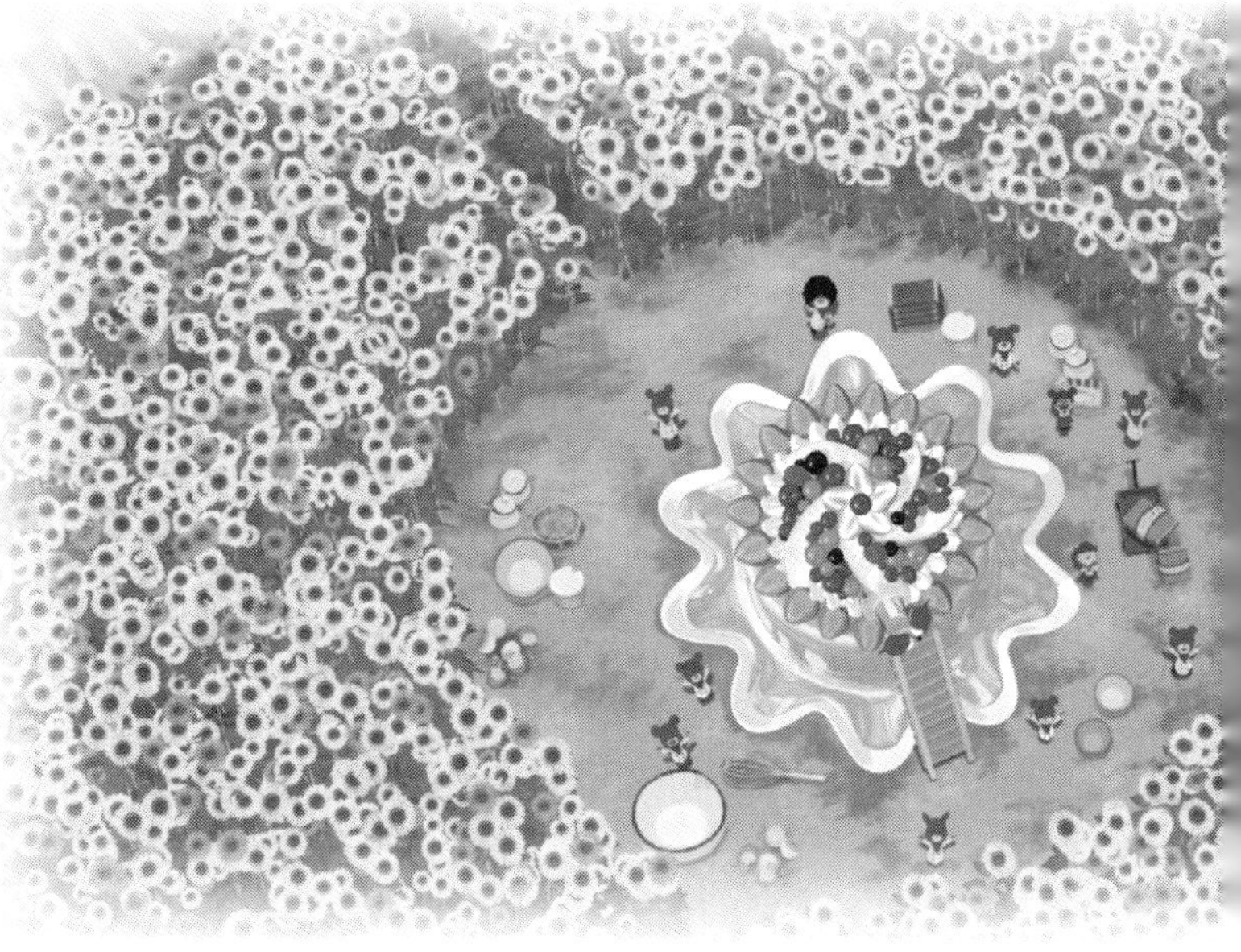

「ミンディとジャッキー特製　みんなを笑顔にするおひさまのスイーツ」めしあがれ。

ミンディもジャッキーも、おにいちゃんたち、そしてスーも。

みんなで一生懸命力を合わせて作った、おひさまのスイーツがついに完成したのでした。

ジャッキーとミンディはさっそく、おひさまのスイーツを持って、おばあちゃんのところに来ました。
おばあちゃんは、静かにベッドに横になっていました。

「おばあちゃん、具合どう？」

ミンディが話しかけると、おばあちゃんは目を開けて、うなずきました。

「コンテストに出すスイーツできたよ、ふたりで作ったんだ」

ミンディが言いました。

「名前はね、おひさまのスイーツ。みんなを笑顔にするスイーツなんだ」

ジャッキーも言いました。

「ほう、そうかい。それはいい名前だね。おまえたちにぴったりだ」

おばあちゃんは、やさしくほほえみました。

「さあ、もう時間だろ。コンテストに行っておいで」

「おばあちゃん、わたし…」

ミンディが不安そうに言うと、おばあちゃんはミンディの手を取って、

「だいじょうぶ、おまえならできる。いい相棒もいるし」

と言ったのでした。

「うん」

ミンディはうなずくと、ジャッキーのほうを見ました。

ジャッキーも大きくうなずきました。

「おばあちゃん、行ってきます」

ふたりは、おばあちゃんの枕もとに、おひさまのスイーツのお皿を置くと、部屋を出ていきました。

おばあちゃんは、ふたりが作ったスイーツをじっと見て

「いつのまに、あんなにりっぱになって…」

と、ぽつりとひとりごとを言いました。

おばあちゃんの目からは、涙が一筋流れたのでした。

ジャッキーとミンディがコンテストに出かけたあと、おにいちゃんたちは順番に並んで、おひさまのスイーツを試食しました。

「めっちゃおいしいやん！」

「ほんまや、めっちゃおいしい」

おにいちゃんたちは口々に叫びました。

列の最後には、いつも地味でおとなしいアルバートにいちゃんとマックスにいちゃんが並んでいました。

少しずつふたりの順番が近づいてきます。

「もうすぐ、おひさまのスイーツ食べられるね」

「うん、食べられるね」

「楽しみだね」

「うん、楽しみだね」

ふたりは小さな声でそんな話をしながら、でも、本当は飛び上がりそうなほど楽しみで楽しみで、待ちきれませんでした。

そして、ようやく順番が来て、

「さあ、ついに来た。食べよう！」

とふたりがにっこり笑顔でフォークを持った瞬間……

とつぜん、ふたりの前にドスンと看板が置かれました。

そこには、

「本日売り切れ！」

の文字が。

なんと、ふたりが食べる前に「おひさまのスイーツ」は売り切れになってしまったみたいです。

「おひさまのスイーツ、食べられなかったね」

「うん、食べられなかったね」

ふたりは、しょんぼりと肩を落としたのでした。

そのころ、村の公民館では、スイーツコンテストの準備が進んでいました。

建物の外には、「第5回フラッペ村スイーツコンテスト」と書かれた大きな看板がかけてあり、周りには色とりどりのスイーツに見立てた風船が風にゆれていました。

会場の中に入ると、中央に大きな丸いステージが組んであり、すでにたくさんの村の人がつめかけています。

ステージには、審査員席と書かれたテーブルとイスが並び、そこに村の偉い人たちが座っていました。

舞台の裏をのぞいてみると、ミンディとジャッキーが手を握って、お互いを励ましあっているのでした。

「だいじょうぶ、ミンディ。絶対勝てる」

「そうよね、ジャッキー。ふたりで、ううん、おにいちゃんたちやスーにも手伝ってもらって、一生懸命作ったんだもん、負けるはずないわよね」

「もちろん、負けっこない」

「でも、不安…」

「あたしも…」

ふたりはまたまた抱き合って、お互いを元気づけるのでした。

反対側では、村長さんとあやしげなパティシエのジャンピエールが何やらひそひそ話をしていました。

「おいらのスイーツときたら、となり町のスーパーの特売で買ったケーキに適当にお飾りつけただけのしろものなんすけど、こんなんでスイーツランドのばあさんに勝てるんですかね？」

ジャンピエールが心配そうに言いました。

「本当は皿洗いしかしたことのないインチキパティシエのおまえにしちゃあ、上出来だ」

村長さんは答えます。

「それに、ばあさんは病気で倒れた」

「ほんとっすか？」

「ああ、かわりに孫娘のミンディと友だちのジャッキーがスイーツを作ったらしい。そんなままごとみたいなもんに負けるわけがない」

「そうですかねえ？」

相変わらず心配そうなジャンピエールにむかって、村長さんは大きな声で言いました。

「だいたい、このコンテストはおまえが勝つことに最初から決まっとるんじゃ」

「それってズルってことですか？」

「審査委員長はこのワシだ。ワシがいいって言ったものが優勝だ」

「はあ」

「見てろよ、あんなスイーツランドはぶっ壊して、ワシがりっぱなホテルをぶったててやる！　それで、大もうけだ」

村長さんはいじわるそうに、にやっと笑うのでした。

さて、コンテストが始まります。

派手な格好をした背のやけに低い司会者さんが元気よく登場して、大きなマイクにむかってさらに元気よくしゃべりだしました。

「え〜〜〜〜、みなさ〜〜ん。さあ、今年も始まりましたよ〜。フラッペ村恒例のスイーツコンテストで〜〜す。今年はいったいだれがチャンピオ〜ンの座に輝くのでしょうかあ？　楽しみですね〜、はい、はくしゅ〜!!」

司会者さんにあおられて、客席からはいっせいに拍手がわき起こりました。

「さてさて、まず最初の挑戦者は～、今大注目、テレビにもひっぱりだこ、新進気鋭のスイーツ店『ランクトシャ』から参加の、いやあ～～～ん、イケメンパティシエ、チュイールさんで～す。どうぞいらしてくださ～い」

司会者さんに紹介されて、チュイールさんが舞台に上がりました。

チュイールさんは、バゲットというかたいパンでアイスクリームをサンドした「バゲット・コン・ジェラート・エ・ランクトシャ・イケメン」という長～い名前のスイーツを持っていました。

「きゃあ～、チュイール、かっこいい！」

「スイーツもすてきぃ～！」

客席からはイケメンのチュイールさんを応援する若い女の子たちの黄色い声がたくさん聞こえました。

チュイールさんのスイーツは、さっそく審査員席に配られ、審査員たちが味見をしては、目の前の採点表の紙に点数を書き込んでいきました。

村長さんは、チュイールさんのスイーツのことなどまるで興味がないように、ほんの一口なめただけで、採点表に大きくバツを書きました。

あらあら。

「さあ、イケメンちゃんチュイールのスイーツはいかがだったでしょうかあ？　う～ん、あたしも食べたいわ～ん」

ちょっと気持ちの悪い司会者さんです。

「さあて、続いての挑戦者は、村の老舗洋菓子店『アマンティーヌ』から来た、ベテランパティシエのスフレさんで～す。おじいさん、興味ないわ」

失礼な司会者さんに紹介されて、スフレおじいさんが舞台に上がりました。

スフレおじいさんが作ってきたスイーツは、アイスクリームをパンでサンドして焼き上げた「フローズド・サンド」というものでした。

すぐに香ばしいにおいが会場に立ち込めて、

「うわあ、いいにお〜い」

「ほんと、おいしそう〜」

というお客さんたちの声が聞こえました。

審査員のおじさんたちも、とてもおいしそうにスフレさんのスイーツを食べては、採点表に点数を書き込んでいきます。

でも、村長さんだけは苦虫をかみつぶしたような顔。

外側のパンをペロッとなめただけで、またまた採点表に大きくバツを書いたのでした。

これで、ちゃんと審査していることになるのでしょうか？　まったく。

「さてさて〜、3番目の挑戦者は、花の都パリーからやってきた、有名人気パティーシエ、ジャンピエール・フランソワさんです。どうぞ、いらして〜」

司会者さんに紹介されて登場したジャンピエールは、やたらとおおげさに何度も何度もお辞儀をしてから、

「あっしがジャンピエールでやんす〜。よろしくおねがいしますでやんす〜」

と、とてもパリから来たとは思えないさえない調子であいさつをしました。

それを聞いた村長さんは、大きくせき払いをして、やめさせようとしましたが、ジャンピエールはそれには気づかず、

「あっしが作ったスペ〜シャルのスイーツ、食べてけろ〜」

と調子に乗って、ぺらぺらしゃべるのでした。

ジャンピエールが持ってきたスイーツは、ただのいちごのショートケーキに、なぜかストローやらナイフやらフォーク

やらがさしてあり、それにあかやきいろのひもが巻きつけてあるような、なんとも奇妙キテレツなものでした。

審査員たちは、あきらかに迷惑そうな顔をしながら、そのスイーツを試食してはすぐに採点表にバツをつけました。

それを見た村長さんは、まだジャンピエールのスイーツを食べてもいないのに、

「おう！　これはデリーシャス！　デリーシャス！　さすが本場パリーの有名人気パティシエが作ったスイーツはちがうもんですなあ」

と大声で言ったかと思うと、みんなにわかるように採点表に大きくマルを書き、それから審査員たちをギロリとにらみつけました。

びっくりした審査員たちは、あわててさっき書いたバツを消しては、マルに書き換えたのでした。

「よしよし」

上機嫌になった村長さん、

「これで、今年のチャンピオンは決まったようだな」

と高笑いをしたのです。

「あ～ら、ジャンピエールさん、なっかなか評判がいいようですわね～」

司会者さんはそう言うと

「あらやだ、もうこんな時間？　さて、いよいよ最後の挑戦者、スイーツランドの若き。パティシエ、ミンディとその相棒、ジャッキーの登場で～す」

と、ふたりを紹介しました。

舞台の裏でそれを聞いていたジャッキーとミンディは、

「行くわよ！」

と、強くお互いの手を握り合って、大きくうなずくと、元気よく舞台に飛び出していったのでした。

ジャッキーとミンディは、「おひさまのスイーツ」の皿を持ってステージに登場すると、
「いっせいのせ～、村のみんなをにっこにこ笑顔にするおひさまのスイーツ、どうぞ、めしあがれ！」
と元気いっぱいに言いました。
客席からは大きな拍手と

「いいぞ、がんばれ！」

という声が飛びました。

ふたりはにっこり。

「おひさまのスイーツ」を審査員の席に運んでいきました。

審査員たちは、おひさまのスイーツに興味津々、いい感じです。

そして最後に、ミンディが笑顔で審査委員長の村長さんのところにスイーツを置こうとしたとき……

なんと、村長さんのステッキが足元からさっと出てきて、ミンディの足をひっかけたではありませんか。

ミンディは、それにつまずいてころんでしまいました。

その拍子に、ミンディが持っていたスイーツはお皿からぽーんと空中に飛び出しました。

「きゃあ！」

ミンディは、思わず悲鳴をあげます。

それを見たジャッキーは、

「たいへん！」

と、思いっきりジャ～ンプして、両手をめいっぱい伸ばしました。

「ナイスキャッチ！」

スイーツは、ジャッキーの手の中にすっぽりとおさまりました…


と思ったら…


残念！

ほんの少し先まで飛んで、そのまま床に落ちて

しまいました。

「あ～！」

スイーツは床でべちゃっとつぶれてしまいました。

もう食べられません。

ジャッキーもぼう然としました。

一生懸命力を合わせて作った「おひさまのスイーツ」が…。

「そんなひどい…」

ミンディは、そのまま床に突っ伏してしまいました。

「おうおう、これはこれは…」

村長さんは、なんだか笑いをかみ殺すような顔で言いました。

「お嬢ちゃんたちのスイーツを食べるのを、すご～く楽しみにしてたのになあ…あっはっはっは、こりゃあ残念」

ミンディとジャッキーは、あまりのことにピクリとも動けませんでした。

「審査委員長さ～ん、審査のほうはどうします～？」

司会者さんが相変わらず場ちがいな調子で、村長さんに聞きました。

村長さんは急に怖い顔になって司会者さんをにらみつけました。

「このワシに、床に落ちたスイーツを食えというのか！」

「まさか、そんなことは…」

「だよなあ…」

村長さんは急ににっこりすると

「食えんもんは審査もできん。よって、おひさまのスイーツは失格！」

と、宣言しました。

「失格？」

ジャッキーは叫びました。

「そんなのひどい！　みんなで力合わせて一生懸命作ったのに…」

ジャッキーはとうとう泣きだしてしまいました。

ジャッキーの肩をミンディがやさしく抱きしめます。

「じゃあ、優勝は決まりだな…」

村長さんは、またまた司会者さんをにらみました。

「は、は～い！　では、審査委員長さ～ん、今年のチャンピオンの発表をおねがいしま～す！」

「第5回フラッペ村スイーツコンテストのチャンピオンは、花の都パリーから来た有名人気パティーシエ、ジャンピエールに決定しました！」

村長さんが言うと、くす玉が勢いよく割れて、紙吹雪が舞いました。客席からはヤジやブーイングが起こりましたが、村長さんはお構いなし、優勝の大きなトロフィーをジャンピエールにわたしました。

「うれしいでやんす〰〰！　いなかのかあちゃんに知らせるでやんす〜」

ジャンピエールはそれはもう大喜び、涙をボロボロ流して村長さんに抱きつきました。

と、そこでどこからか声がしました。

「ちょっと待った〰〰〰！」

声の主は村長さんの孫娘、スーでした。

見ると、スーはステージの上からぶらさげられた看板の上に腕組みして座っているではありませんか？

「スーや、どうしたんだい？　そんなところで」

スーにはめっぽうやさしい村長さんが、猫なで声で話しかけます。

すると、スーはぽーんと村長さんの前に飛びおりました。

「あたい、世界中の高級レストランでつまみ食いしてきたからさぁ…」

スーがしゃべり始めました。

「おじいちゃんより、ずーっとグルメなの」

スーは自信たっぷり。

おじいさんの村長さんは苦笑いです。

「今回のコンテストのスイーツも、ぜーんぶつまみ食いしてみたけど…」

「いつのまに…」

司会者さんもびっくりです。

「優勝は、おひさまのスイーツで決まりね」

スーが言うと、会場がどよめきました。

「いかさまパティシエ、ジャンピエールのヘボスイーツなんかより1万倍もおいしかったわ」

「スーや、おじいちゃんを困らせんでおくれ」

村長さんは、ほんとに困った顔で言いました。

「おじいちゃんの仕事は邪魔せん約束だろ?」

「おじいちゃん、あんまりいじわるばっかりするから、黙ってられなくなったの」

「何を人聞きの悪いことを」

「じゃあ、試してみる?」

スーは、また自信たっぷり。

すると、舞台の裏からジャッキーのおにいちゃんたちがドヤドヤ入ってきたではありませ

んか。

おにいちゃんたちが手に持っていた皿には、あの「おひさまのスイーツ」がのせられていたのでした。

「まだまだありましたよ、村長さん！　さあ、おひさまのスイーツ、めしあがれ」

おにいちゃんたちが言うと、村長さんの顔が真っ青になりました。

ジャンピエールも同じでした。

ジャッキーとミンディはお互いを見つめあって、うなずきあいました。

それでも、村長さんはまだずるそうな顔をして、ひとりごとを言います。

「こんなもの！　ワシがまずいと言ってしまえば、それでおしまいだ」

そして、村長さんは「おひさまのスイーツ」を一口食べたのです。

「まず…」

そう言おうとした瞬間…。

村長さんは、どこか不思議な花園にいました。

真っ白な花びらが、あたり一面に舞っていました。

「ここは…天国か？　…ワシは死んでしまったのか…？」

村長さんは思わず言いました。

そこにうしろから、声がしました。

「おじいちゃま」

それは、スーの声でした。

村長さんが振り向くと、そこには、ふだんのちょっと生意気なスーとは違う、まるで天使のようにかわいすぎるスーが立っていました。

スーの背中には羽までついていました。

スーは、おじいさんのところにトコトコとやってくると、

「おじいちゃま、だ～いすき！」

と言って、村長さんにぎゅ～っと抱きついたのです。

孫のスーがだれよりも好きな村長さんは、それはもう天にも昇る気持ち。

それもそのはず、もう天に昇ってますものね。

「スーや、おじいちゃんもだよ～」

村長さんは、生まれてはじめての、それはそれは最高の笑顔になって、スーに頬ずりをしたのでした。

「ほらね」

気がつくと、村長さんはコンテストの会場に戻ってきていました。

「生き返ってしまった…」

「おひさまのスイーツ食べたら、だれだって笑顔になるのよ。心のねじ曲がったおじいちゃんでもね」

スーが勝ち誇ったように言いました。

「スーや」

まだ頬ずりしようとする村長さんから、スーは無理やり逃げ出しました。

現実に帰った村長さんは、へなへなとその場に座り込んでしまったのです。

「え〜、というわけで、第5回フラッペ村スイーツコンテストの優勝者はスイーツランドのミンディとジャッキーに決定しました〜！」

客席からは、割れんばかりの拍手と歓声が鳴り響きました。

司会者さんの声を聞いて、ジャッキーとミンディは立ち上がりました。

「ほんとに勝てたの？」

「うん、ほんとよ」

「そうね、勝てたのね」

「うん、勝てた…」

ふたりの顔が涙から満面の笑みに変わりました。

そして、ふたりは抱き合ったまま、思いっきり飛び上がりました。

「やったー、やったー！　勝ったー、勝ったー！」


それからしばらくして。

まだ余韻が続いているコンテスト会場では、もう片付けが始まっていました。

村長さんとジャンピエールは、すっかりヨレヨレになって、何やらふたりで言い合いをしながら、トボトボと帰っていき

ました。

自業自得ですね。

そして、まだ残っていた「おひさまのスイーツ」にはお客さんが試食の列を作り、食べた人みんながピカピカの笑顔になっていました。

さすが、おひさまのスイーツです。

さっきは「おひさまのスイーツ」を食べそこねた、地味でかわいそうなアルバートにいちゃんとマックスにいちゃんも、今度こそはスイーツが食べられると、うれしそうに列の最後に並びました。

「今度こそ食べられるね」

「うん、今度こそ食べられるね」

「楽しみだね」

「うん、楽しみだね」

ふたりは、またまた小さい声で言いましたが、心の中では、それはもうほんとに飛び上がりたいくらいにワクワクしていました。

そして、ようやく順番が来て、

「さあ、ついに来た。食べよう！」

と、ふたりがにっこり笑顔でフォークを持った瞬間……

またまた、ふたりの前にドスンと看板が置かれました。

そこには、

「本日やっぱり売り切れ！」

の文字が。

なんと、ふたりが食べる前に「おひさまのスイーツ」はまたまた売り切れになってしまったのでした。

「おひさまのスイーツ、また食べられなかったね」

「うん、また食べられなかったね」

なんてついてないふたりなんでしょう。

地味でおとなしいアルバートにいちゃんとマックスにいちゃんは、またまたしょんぼりしょんぼりとうなだれてしまったのでした。

一方、ジャッキーとミンディは、帰ろうとしていたスーをつかまえて、お礼を言いました。

「スー、ありがとう。あなたのおかげで勝てたわ」

ジャッキーが言いましたが、スーは

「べ~~~！」

と、思いっきり舌を出しただけで、そのまま走っていってしまいました。

「もう、かわいくないんだから~！」

ジャッキーは怒りましたが、ミンディはなぜかニコニコ。

「なんだか、スーらしくてかわいい…」

と、楽しそうに言ったのでした。

「そうかなあ?」

ジャッキーも、そう言いながら笑っていました。

それから、ジャッキーとミンディは猛スピードで、おばあちゃんのところに帰りました。

ほんの少しでも早く、おばあちゃんにコンテストで勝ったこと、おばあちゃんの大切なスイーツランドを守れたことを報告したかったのです。

おばあちゃんの部屋に着くと、

「おばあちゃーん、勝ったよ～」

と、ふたりは叫びながら、中に駆け込みました。

部屋にはおばあちゃんはいませんでした。

そして、かわりにステキなものがありました。


「ミンディ…」

「え？」

「ミンディ、見て」

ミンディは、ジャッキーの指さしたほうを見てみました。

するとそこには、ミンディたちがコンテストに行く前に置いていった「おひさまのスイーツ」をのせたお皿がありました。

お皿はからっぽ。

「おばあちゃん、わたしたちのスイーツ、食べてくれたんだ」

ミンディが言いました。

「ううん、ちがう。ミンディ、よく見て、お皿」

ジャッキーが言います。

ミンディはお皿に近づいて見てみました。

すると、どうでしょう。

お皿には、「ひまわりのはなまる」が描いてあるではありませんか。

それは、ミンディがはじめておばあちゃんのためにスイーツを作ったとき、おばあちゃんが笑顔で描いてくれた、あのなつかしい「ひまわりのはなまる」だったのです。

「あ…はなまるだ」

ミンディは言いました。

「あのときと同じ…ひまわりのはなまるだ…」

ミンディの目から涙がこぼれました。

そのとき、部屋のドアが開いて、おばあちゃんが入ってきました。

「おばあちゃん、わたしたち…」

ミンディが言おうとすると、

「ありがとう。おつかれさま。おまえたちのスイーツを食べたときにわかったよ。これなら絶対勝てるって

ね」

おばあちゃんはそう言うと、にっこりと笑ったのでした。

それは、ミンディがずっと見たかったおばあちゃんの笑顔でした。

「おばあちゃ～ん」

ふたりは、おばあちゃんに抱きつきました。

「よし、よし。よくがんばったね」

おばあちゃんはふたりをぎゅっと抱きしめました。

心から、しあわせをかみしめるように。

夜になりました。

ジャッキーとミンディは、スイーツランドの裏にある、古ぼけたメリーゴーランドに乗っていました。

そのメリーゴーランドは、もう何年も動いてはいませんでした。

「このメリーゴーランドね…」

ミンディが言いました。

「おばあちゃんが大好きなんだ」

「ふ〜ん」

「大工さんだったおじいちゃんが、結婚の記念に作ってくれたんだって」

「もしかして、このスイーツランドも？」

ジャッキーが聞くと、

「そう、ぜーんぶ、おじいちゃんの手作りなの」

ミンディが答えました。

「おじいちゃん、すごいんだね」

ジャッキーは、おどろいて言いました。

ミンディは、古くなったメリーゴーランドの馬の頭をやさしくなでながら、言いました。

「おじいちゃんとの楽しい思い出がいーっぱい詰まってるから、おばあちゃん、このスイーツランド、絶対手放したくなかったんだと思う」

「きっと、そうだね」

ジャッキーは答えました。

それから、ミンディはジャッキーのほうを見て、ちょっとまじめな顔で言いました。

「ジャッキー、ほんとにありがとう。ジャッキーのおかげで大切なスイーツランドを守ることができた」

それからミンディはもう一度

「ありがとう」

と言いました。

「そんなの、あたりまえじゃない」

ジャッキーは笑ってこたえました。

「だって、あたしたち相棒でしょ？」

「ああ、そうだった」

「もう、ミンディったら」

ふたりは顔を見合わせて笑いました。

「また来てくれる？」

「もちろん」

「それまでにおいしいスペシャルスイーツ作っておくね」

「うん、楽しみにしてる」

突然、チカチカと何回か点滅してから、メリーゴーランドのあかりがともりました。

それは、夜にぽっかりと浮かんだスイーツのデコレーションのようでした。

そして、丸く並んだ色とりどりの馬たちが、ゆっくりと動きだしました。

「え？」

ジャッキーとミンディは、ちょっとおどろいて顔を見合わせました。

でも、すぐに、なんだかそれがあたりまえのことのように、メリーゴーランドに体をゆだねました。

しあわせな気持ちが、体じゅうにしみわたるようでした。

ふたりは、いつまでもいつまでも、メリーゴーランドにゆられていたのでした。

あとでわかった話ですが、このときメリーゴーランドが動いたのは、どうやらアントンにいちゃんとウーリーにいちゃんが妹たちのために修理をしたからだそうです。

そして、おにいちゃんたちみんなで大きなレバーをこっそり回して、馬たちを動かしていたのです。

やさしいね、おにいちゃんたちったら。

数日後。

スイーツランドで、コンテスト優勝のパーティが開かれました。

スイーツランドの周りにあるアトラクションがにぎやかに動き、デコレーションもきれいにそうじされて、きらきらと輝いていました。

お庭に置かれたテーブルには、みんなで力を合わせて作ったスイーツが所狭しと並び、その真ん中には、「おひさまのスイーツ」がドーンと置かれていました。

ジャッキーやおにいちゃんたちはアトラクションでいっぱい遊んだあと、思いっきりスイーツを食べました。

そのおいしいことときたら。

今日は、食べても食べても、ちっともおなかがいっぱいにならないくらいでした。

またまた、「おひさまのスイーツ」には長い列ができていて、その最後には、またまた地味でかわいそうなアルバートにいちゃんとマックスにいちゃんが並んでいました。

ようやく彼らの順番になって、

「さあ今度こそ食べられる」

と思った瞬間、なんとまたまた

「本日売り切れ！」

の看板が置かれました。

でも、今度はだいじょうぶです。

アルバートにいちゃんがその看板を手で払いのけ、マックスにいちゃんが力いっぱい遠くに放り投げてしまいました。

ふだんはおとなしいふたりですが、やるときはやるのです！

そして、ふたりは、本当はまだ残っていた「おひさまのスイーツ」に思いっきりかぶりつきました。

「おいしいね」

「うん、おいしいね」

「涙が出るね」

「うん、涙が出るね」

ふたりは、心からしあわせそうな笑顔になったのでした。

エピローグ

翌日、またスイーツランドに朝が来ました。

新しくスイーツランドのパティシエになったミンディは、早くから起きて、テキパキとスイーツ作りの準備をしていました。

ミンディの手には、おばあちゃんからもらったスイーツランド伝統のパティシエナイフが握られています。

ミンディが黙々とスイーツ作りをしているのを、おばあちゃんはちょっとまぶしそうな顔で見つめていました。

ミンディの手伝いをしているのはなんと村長さんとジャンピエール。

重い皿を運んだり、床を磨いたり。

スーが厳しく監督していました。

「スーや、そんなにいじめんでおくれ」

「ミンディたちにいじわるしたバツよ」

「はい、わかりました」

すっかり反省の村長さんなのでした。


そのころ、ひまわり畑ではジャッキーとおにいちゃんたちが12人乗りの自転車に乗って、寄宿舎に帰るところでした。相変わらずいたずらなジャッキーは、自転車の一番うしろでなんと立ち乗り！

そして案の定、すってーんと自転車から落っこちてしまったのでした。

ほらほら、言わないこっちゃない。

それでもジャッキーは、へいっちゃら。

「ねえ、おにいちゃんたち、まってよ〜」

元気に、自転車を追いかけます。

そんなジャッキーたちの姿を、今日もやさしく、おひさまが照らしていました。

くまのがっこうの　くまのこたちは
1、2、3、4…
ぜんぶで　12ひき
みんな　なかよく　くらしています。

おしまい。

ショートストーリー1

スイーツランド2号店オープン!?

スイーツランドで起きた大事件!? からしばらくたっても、ジャッキーの頭の中はあのときのことでいっぱい。

「おばあちゃんの作ったスイーツ、ほんとにおいしかったなあ。おひさまのスイーツ、じょうずにできてよかったなあ。コンテストのときは、ほんとに緊張したっけなあ。今でも思い出すと足がガクガクしちゃう!」

こんな調子です。
そうやって、今日もスイーツランドのことを考えていたジャッキーでしたが、急に
あることを思いつきました。
それも、とびっきりステキなことを。

「あ〜〜〜〜！
それってサイコー！」

大きな声におどろいて、顔を出したディッキーにいちゃんが
「いったいどうしたんだよ？」
と声をかけると、
「お店〜〜〜〜！」

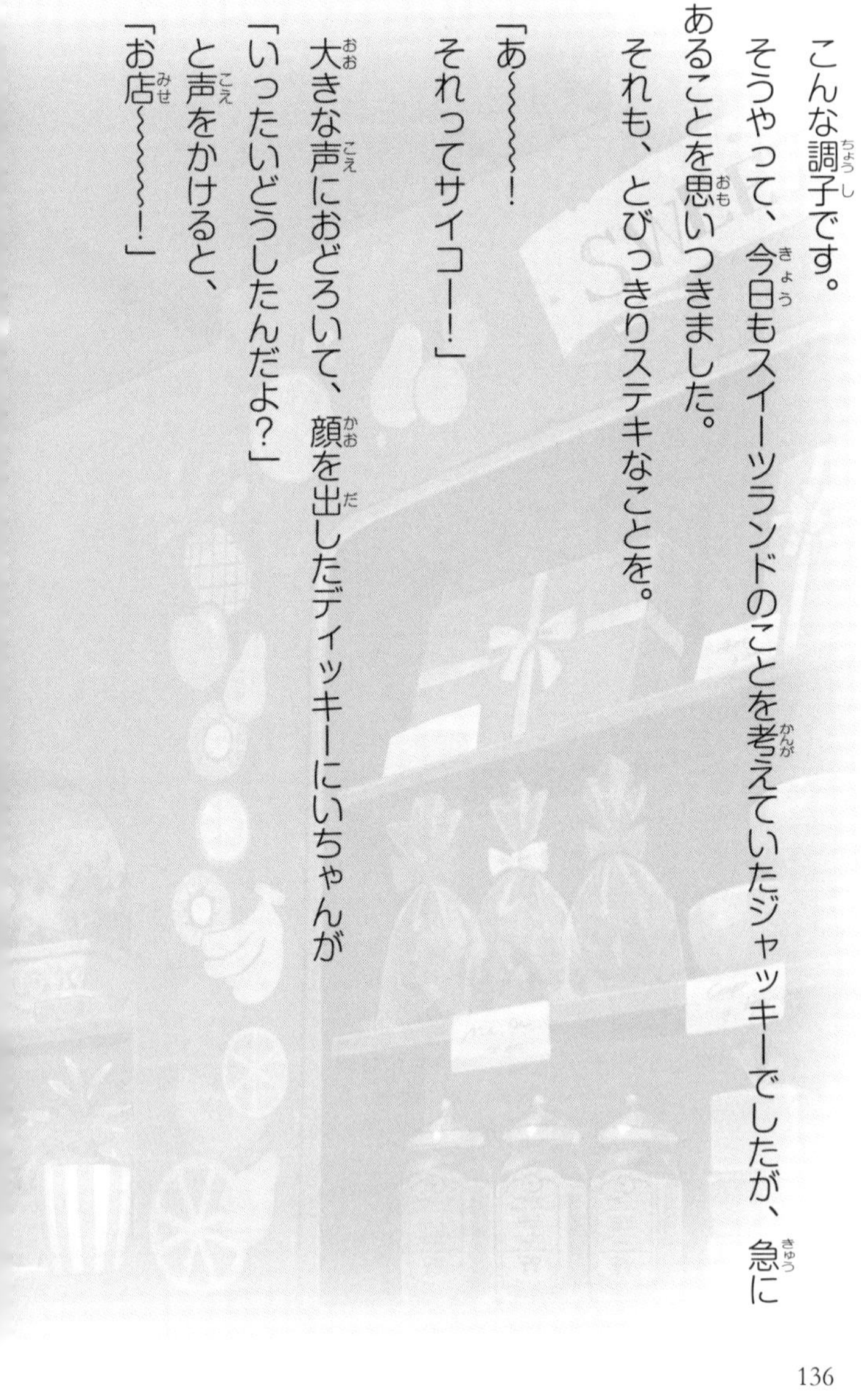

とジャッキーは叫びました。

「お店？」

ディッキーにいちゃんはなんのことかわかりません。

「お店を作るの～！　ミンディのスイーツランドみたいな、かわいいスイーツ屋さんを－」

ジャッキーは自信満々に答えました。

「あたしだってパティシエさんよ。お店くらい持たなきゃね？」

「ジャッキーはミンディのお手伝いをしただけ…」

「スイーツランド2号店！　そうよ、それがいい！」

ジャッキーは、うれしくて飛び上がりました。

「でも、いったいどうやってお店なんか作るんだよ、ジャッキー」

ウーリーにいちゃんが聞きます。

「あら？　スイーツランドはミンディのおじいちゃんがぜーんぶひとりで作ったのよ」

「まあ、そうだけど…」

「あたしのおにいちゃんは11にんもいるんだもん、もっともっとすごーいお店ができるはずじゃない？　ちがう？」

「でも、ミンディのおじいちゃんは本当の大工さんだし…ぼくらはまだ子どもだからさ…」

でも、ジャッキーはもう聞いてなんかいません。

さっそく紙を用意して、なにやら絵を描き始めました。

「そうねえ、やっぱりみずうみのほとりにたつお城みたいなお店がいいかなあ？　そこでお姫様みたいな格好でスイーツを作るの、すてきでしょ？」

ジャッキーは、すっかりひとりの世界で盛り上がっています。

「それとも、世界一周しちゃうような豪華な、豪華なお船のようなお店はどうかしら？　食べながら波の音がしたり、夕日が見えたりしたらサイコーよねえ。あ〜、うっとりしちゃう」

ジャッキーの妄想はどんどん広がります。

「それともそれとも…かわいい動物たちがいっぱいいる、動物園みたいなお店はどうかしら？　ちょっとうるさいかもしれないけど、そのくらい我慢しなくっちゃ」

ジャッキーがすてきな夢を見ている間、おにいちゃんたちは集まって何やらごそごそ相談を始めました。

「ねえ、どうする？」

「お店なんて無理だよ」

「ジャッキーのやつ、またわがまま言っちゃって」

「でも、ジャッキー、一度言いだしたら聞かないからなあ」

「できないなんて言ったら、また大声で泣きだしちゃうぞ」

「ああ、あのキンキン声聞くと、頭がいたくなる〜」

おにいちゃんたちは頭をかかえてしまいました。

そんなとき、アントンにいちゃんが言いました。

「仕方ない。なんとか作ってみようか」

「え〜〜〜？」

「アントン、だいじょうぶ？」

「ぼくが設計図を書いて、ウーリーが材料を集める。そして、みんなでトンテンカンテンすれば、きっとできるよ」

「そうだね、ちっちゃなお店ならね」

「よし、決まり！」

そんなこんなで、おにいちゃんたちは寄宿舎のお庭になんとか、ちっちゃなお店を作りました。

それを見たジャッキーは、最初はちょっと不満そうでしたが、最後には

「まあ、いいわ。これでも」

と言いました。

それを聞いて、おにいちゃんたちは、ほっと胸をなでおろしたのです。

「お店のオープンは今日のお昼よ。それまで何も食べないで、おなかをぺっこぺこにしといてね。おいしいスイーツをい～っぱいごちそうしちゃうから！」

ジャッキーは腕まくりすると、お店の中に入っていきました。

やれやれ、どうなることやら。

さあ、ジャッキーのスイーツ屋さん「スイーツランド2号店」の開店準備です。

「お城がお店だと大きすぎておそうじが大変だから、やっぱり小さいお店でよかったかもね」

ジャッキーはひとりで納得。

「そうだ！　お店の飾りつけをしよっと…すてきなお店のオープンだもの、かわいい飾りがなくちゃさびしいわよね。さあ、いそがしいぞ～」

ジャッキーは、まず紙に、

「スイーツランド2号店　パティシエジャッキーのお店」

と大きな字で書いて、お店の前にペタンと貼りました。

「よしよし」

これから、折り紙やらリボンやらをあっちこっちに貼ったり、ぶらさげたりして、お店を飾りつけしました。

「う〜ん、いい感じ」

ジャッキーは自分の飾りつけを眺めては、ニヤニヤ。

「やっぱりスイーツ屋さんはお店だってかわいくしなきゃね、あなたもそう思うでしょ？　チャッキー」

ジャッキーは、お店のイスに座って、ちょっと退屈そうなチャッキーに話しかけました。

「飾りつけはこれでよしっと！　それからそれから…」

ジャッキーは首をひねって考えます。

「そうだ！　お店ができたことをみんなに知ってもらわなきゃ！　みんなきっとびっ

くりするだろうなあ」

ジャッキーは、そう言うと、またまた紙に何か書き始めました。

お店のチラシを作り始めたのです。

「むにゃむにゃむにゃむにゃ」


さてそのころ、寄宿舎ではおにいちゃんたちがおなかをぺっこぺこにしていました。

「あ〜あ、おなかすいたよ」

「ぼくも」

「さっきからおなか鳴りっぱなし」

「いったいいつになったら、ジャッキーのスイーツ食べられるんだろう？」

「ほんと、もう限界」

おにいちゃんたちはみんなおなかをすかせて、ぐったり。

「ほんとにジャッキーが呼びに来るまで、何にも食べちゃいけないの？」

「ジャッキーがそう言ってたよ」

「うん、言ってた」

「でも…」

おにいちゃんたちは、とうとう床に座り込んでしまいました。

「ねえ、ちょっとのぞきに行ってみようか？」

たまりかねて、ディッキーにいちゃんが言いました。

「うん、それがいい」

「ぼくもそう思う」

「行こう、行こう」

おにいちゃんたちは、ぺこぺこのおなかをおさえながら、ヨロヨロと歩きだしました。

お店についてみると…

なんと、ジャッキーは気持ちよさそうにお昼寝をしているではありませんか…！

あらあら。

「おい、ジャッキー！」

「スイーツ食べに来たぞ～」

おにいちゃんたちは、口々にそう言ってジャッキーを起こしました。

ジャッキーは、寝ぼけまなこで顔を上げ、

「いらっしゃいませ～」

と言いました。

「寝ぼけてないで、起きろ～」

トフィーにいちゃんが大きな声を出すと、

「きゃあ〜〜〜」

おどろいたジャッキーは飛び起きました。

「まあ、おにいちゃんたち！」

「まあ、じゃないよ。ぼくたちおなかぺっこぺこだよ」

「あら、どうして」

「どうしてって、ジャッキーが…」

「ねえ、そんなことより、これ見て！」

ジャッキーは、すっかり目が覚めて、おにいちゃんたちにお店の飾りや看板を見せました。

「これも、これも…これも作ったのよ」

チラシも見せました。

「買ってくれた人には、これをあげるつもり」

葉っぱを折って作ったお人形も見せました。

「すてきだと思わない？　あたしのスイーツ屋さん」

「うん、そうだね。ところで、お待ちかねのおいしいスイーツはどこかな？」

「どこかな？」

おにいちゃんたちは、わざわざ持ってきたお皿とフォークを手に、ずらっと整列しました。

「スイーツ？」

「うん、おいしいスイーツ」

「飾りつけやチラシ作りがいそがしくて…」

「ん？」

「スイーツのこと、すっかりわすれてた～」

「え～～～～～？」

おにいちゃんたちは、力なくその場にくずれおちてしまったのでした。

しばらくぐったりと倒れていたおにいちゃんたちでしたが、いつも頼りになるディッキーにいちゃんが立ち上がると、

「よし、こうなったらみんなで力を合わせて、おいしいスイーツを作ろう！」

と言いました。

「賛成賛成」

みんなも立ち上がりました。

ジャッキーもニコニコ。

「よ～し、スイーツ作り、始め！」

ディッキーにいちゃんの号令で、ジャッキーたちはみんなでカップケーキを作り始めました。

12人で助けあったので、カップケーキはあっというまに完成。

「できた～～～！」

「よし、食べよう！」

「ちょっと待って～」

ジャッキーがまた大声を出しました。

「今度はいったいなんだよ？」

おにいちゃんたちが言うと、ジャッキーはお店の中からカメラを持ってきて、

「みんなで写真をとって、ミンディに送ってあげましょう！」

と言いました。

「うん、それはいいね」

「うんうん、ミンディきっと喜ぶよ」

ジャッキーたちは、カップケーキをおいしく食べるところを、たくさんたくさん写真にとりました。

ジャッキーは次の日、長い長い手紙を書いて、写真といっしょにミンディのいるスイーツランドに送ったのでした。

「ミンディ、げんきかな？」

「また会いたいね」

おしまい。

ショートストーリー2

大変！　スーがお熱出ちゃった！

スイーツコンテストでの事件から、ミンディとスーはすっかり仲良しになりました。

それはまるで、ほんとの姉妹みたい。

いっしょにお買い物に行ったり、いっしょにピクニックに行ったり、いっしょに寝ることだって、めずらしくありません。

それはもう、ほんとにほんとの姉妹みたいなのでした。

スーは、ふだんは相変わらずちょっとぶっきらぼうで、ちょっといじわるだったりしましたが、ミンディといっしょのときだけはとっても素直で、かわいい女の子になるのでした。

ミンディもスーも同じように、お母さんやお父さんを早くに亡くし、ひとりっこでおじいちゃんやおばあちゃんに育てられたのですから、お互いの気持ちがよくわかるのでしょうね。

それに、きっとふたりとも、ずっとおねえちゃんや妹がほしいって思ってたでしょうから、その夢がかなった気持ちなのかもしれません。

というわけで、今日もふたりで遊園地に行く約束をしていました。

ところが、ミンディが待ち合わせの場所でいくら待っても、スーはやってきません。約束を破ったりしないスーですから、ミンディは何かあったのではと心配しました。

と、そこへ走ってきたのはスーのおじいちゃんの村長さん。

それはもうあわてふためいて、何度もころびそうになりながら、やってきました。

「村長さん、スーに何かあったんですか?」

ミンディが心配して聞くと

「そうなんじゃ、昨日の夜から高い熱が出て…」

村長さんは、息をはーはーしながら言いました。

「村の医者のペーターゼン先生が明日まで診療でとなり町に行ってての う、スーを診てくれる医者がおらんのじゃよ」

「それは大変！」

ミンディは村長さんといっしょに、すぐにスーのところに行きました。

スーはベッドに横になって、ぐったりとしていました。

顔は真っ赤で、ぜーぜーと熱い息を吐いています。

「昨日から何も食べておらんし、ワシはもうどうしていいかわからなくて…」

村長さんは、イスにくずれるように座り込んでしまいました。

ミンディは、スーの額に手を当ててみました。
すごい熱です。
すぐに、たらいに氷水を入れて、タオルを冷やし、それをスーの頭にのせました。
体の汗もやさしくふいてあげました。
スーが少しだけ目を開けて言いました。
「おねえちゃん、ありがとう」
その声は、ふだんのスーとは全然別人のような、か弱い声でした。
「スー、だいじょうぶよ。わたしがそばにいるからね、わたしが必ず治してあげる」
ミンディはそう言うと、やさしくスーの頭をなでました。
スーは安心したように目をつぶりました。
それから、ずっとミンディはスーの頭を冷やし続けました。

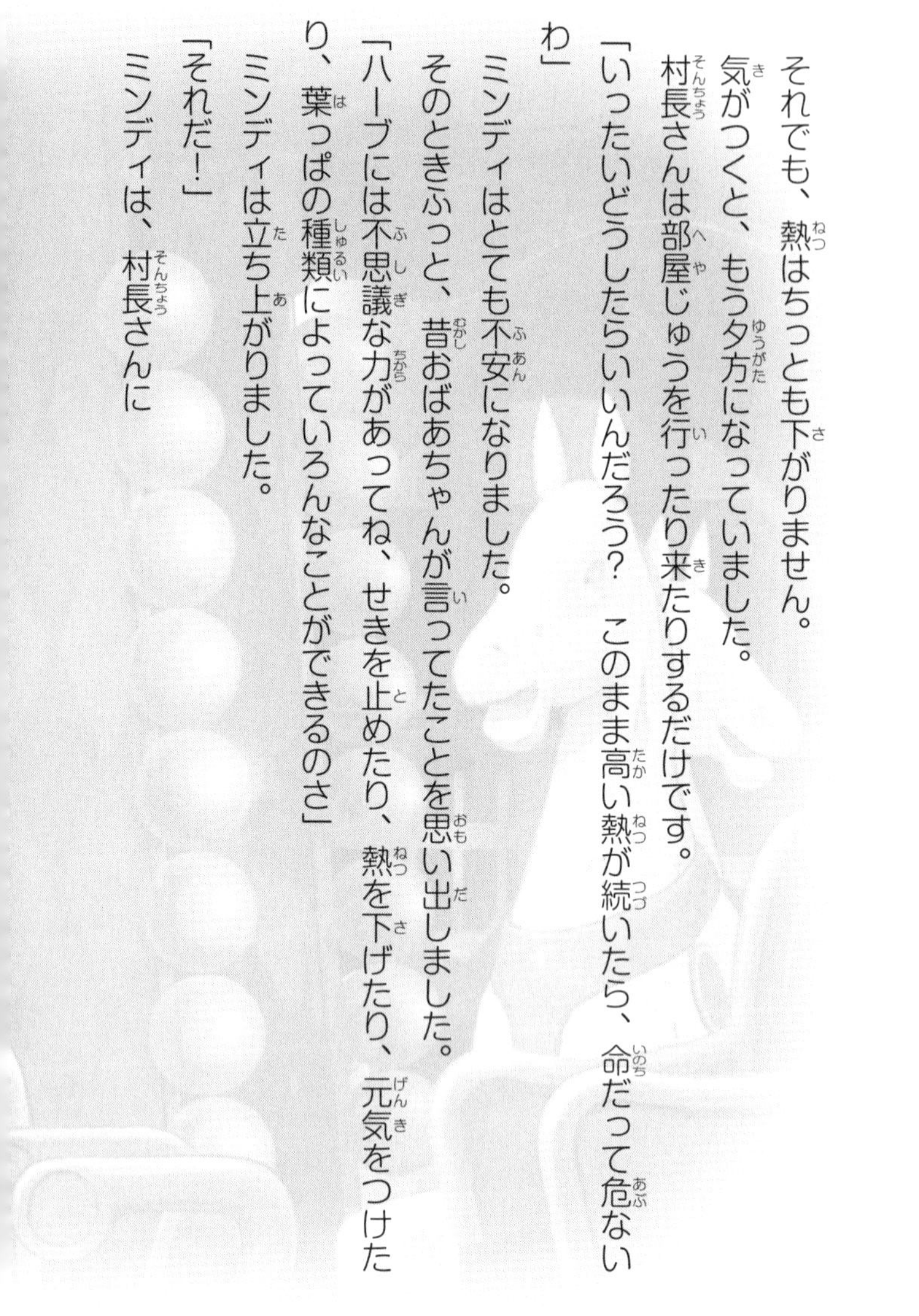

それでも、熱はちっとも下がりません。

気がつくと、もう夕方になっていました。

村長さんは部屋じゅうを行ったり来たりするだけです。

「いったいどうしたらいいんだろう？　このまま高い熱が続いたら、命だって危ないわ」

ミンディはとても不安になりました。

そのときふっと、昔おばあちゃんが言ってたことを思い出しました。

「ハーブには不思議な力があってね、せきを止めたり、熱を下げたり、元気をつけたり、葉っぱの種類によっていろんなことができるのさ」

ミンディは立ち上がりました。

「それだ！」

ミンディは、村長さんに

「すぐ戻ります！　それまでスーのことをおねがいします！」

と言うと、部屋を飛び出していきました。

「ミンディ！　ワシをひとりにせんでくれ！」

村長さんの不安そうな声が聞こえましたが、ミンディは構わず全速力でスイーツランドまで走りました。

「おばあちゃ～ん！」

スイーツランドに着くと、ミンディは大声で叫びました。

「なんだい？　今日はスーとデートだったんじゃ…」

顔を出したおばあちゃんの肩をつかむと、ミンディは

「スーが大変なの！　おねがい、高い熱を下げるハーブってどこに行けばあるのか教えて、おばあちゃん」

と叫びます。

ことの大変さをわかったおばあちゃんは、さっそくハーブの分厚い本を出し、ミンディに見せました。

「いいかい？　このハーブだよ」

「うん」

「むらさきといろが渦を巻いたようになってるから、すぐわかるさ」

「うん」

「おまえが熱を出したときも、このハーブを入れたアイスのスイーツを食べさせたら、すぐによくなったんだよ」

「ねえ、おばあちゃん、このハーブどこにあるの？」

「裏山の奥のほうに行けば、少しはあるかもね。ただ、もう外は暗いから、明日でないと…」

おばあちゃんがまだ話し終わらないうちに、ミンディはテーブルに置いてあった懐中電灯をつかむと、外に飛び出していきました。

「ミンディ！　気をつけるんだよ」

おばあちゃんは心配そうにミンディのうしろ姿を見送りました。

「どうにか見つかるといいんだが…」

裏山に着くと、ミンディは懐中電灯の明かりを頼りに奥へ奥へと進んでいきました。

不気味な鳥の声や風の音が聞こえましたが、ミンディの耳には入りませんでした。

「むらさきときいろのうずまき、むらさきときいろのうずまき…これじゃない！　これでもない！」

ミンディは足元のハーブを確認しながら進みますが、探しているハーブにはなかなか出会えません。

「神様、どうか大事なスーを助けてください。スーはわたしの妹みたいな子です。わたしが助けるって約束したんです。神様…」

と、そのとき、月明かりがあたりに差し込みました。

そして、その明かりの先で風にゆれているハーブが見えました。

その葉っぱはむらさきときいろの渦巻き模様でした。

「あった！」

ミンディは思わず大声をあげました。

「神様、感謝します！」

ハーブを摘んでスイーツランドに戻ると、ミンディはさっそくスイーツ作りにとりかかります。

ずっとスーの看病をしていたせいでクタクタでしたが、

「大切なスーをわたしが守るんだ！」

と思うと、不思議と力がわいてきました。

おばあちゃんは、そんなミンディを頼もしく見つめるのでした。

スーの部屋では相変わらず真っ赤な顔のスーと、ぐったりつかれてイスに座り込んだままの村長さんがいました。

そこにミンディがスイーツの箱を持って、飛び込んできました。

「スー、戻ったわよ！」

それに気づいた村長さんは

「大事なスーを置いて、いったいどこに行ってたんだ？」

と声を荒らげました。

「どうせ肉親でないおまえにとっちゃ、どうでもいいんだな」

「ごめんなさい。そんなことありません」

ミンディは、そう言って、スーの枕もとに行きました。

「スー、熱に効くハーブを練り込んだジェラートを作ってきたわ。食べてみて」

ミンディがスプーンでスーの口元にジェラートを運ぶと、スーはなんとか口を開けて、一口食べました。

「そうよ、スー。がんばって食べて」

「ありがとう、おねえちゃん」

「わたしが必ず助けてあげるって言ったでしょ」

「うん」

スーは、がんばってミンディが作ったジェラートを全部食べると、そのまま眠ってしまいました。

ブツブツと文句を言っていた村長さんも、いつのまにかイスで眠ってしまっていました。

ミンディは、じっとスーの手を握ると、神様にお祈りをしました。

朝になりました。

村長さんは大きないびきをかいて寝ていました。

ミンディはずっとスーの手を握ったまま、枕もとにいました。

やがて、スーが目を開けました。

スーの顔から赤みがすっかり消えていました。

「スー」

「おねえちゃん」

「気分はどう？」

「だいぶよくなった」

「よかった。よくがんばったね、スー」

ミンディは、スーににっこりとほほえみかけました。

「わたし、夢を見てたの」

「夢？」

「うん、ママとパパとお船に乗ってる夢」

「そう」

「とっても楽しくて、そのままいつまでも、そうしていたかった」

「うん」

「でも、おじいちゃんのいびきがうるさくて目が覚めちゃった」

「あら」

ミンディが村長さんを見ると、村長さんは大きな口を開けて、相変わらずいびきをかきながら、寝ていました。

「もう、おじいちゃんったら」

スーがそう言うと、ミンディはおかしそうに笑いました。

「ごめんね、おねえちゃん。おじいちゃん、きっとまたひどいこと言ったでしょ？」

「ううん」

「ほんとにどうしようもないおじいちゃんだけど、でも、少しはいいところもあるんだ」

「知ってるわ。スーの大切なおじいちゃんだもんね」

「うん」

スーはうなずきました。

ミンディは、やさしくスーの頭をなでました。

そのとき、ドカドカと足音がして、ペーターゼン先生が飛び込んできました。

「いやあ、すまんすまん、すっかり遅くなって」

その声におどろいた村長さんが目を覚ましました。

先生はさっそくスーの診察をしましたが、

「これはいったいどうしたわけだ？　すごい高熱と聞いて心配したが、すっかりよくなっとる。いったいだれが治療をしたんだ？」

と、おどろいた顔で言いました。

「おまえさんかい？」

ペーターゼン先生に聞かれたミンディは首を振って
「スーががんばったのと、村長さんが一生懸命看病したおかげです」

と答えました。

「村長、おまえさんも孫のことになるとがんばるんじゃな」

ペーターゼン先生はちょっと皮肉っぽく言いました。

「うるさい、ヤブ医者。おまえが早く来んから、ワシの大事なスーが大変なことになるとこじゃった」

「悪い悪い、でも、もう安心だ。明日にはまた、元気につまみ食いでもしとるじゃろうよ」

「ほんとか？」

「ああ、ヤブのワシが言うんだからまちがいない」

パーターゼン先生は笑って言いました。

「スーや、よかったなあ」

村長さんは涙を流しながら、スーに頬ずりをしました。

「ちょっとおじいちゃん、おひげがいたい！」

スーは、なんだかいつものスーに戻ったみたいです。

「まあ、せいぜい、このお嬢さんに感謝するんじゃな」

ペーターゼン先生はミンディのほうを見てそう言うと、いそがしそうに帰っていきました。

それからスーはまた眠りました。

今度は、とっても気持ちよさそうに。

それを見つめながら、村長さんが言いました。

「この子はワシのたからものじゃ。ワシには少々いじわるじゃが、それでも、かわいくてかわいくて仕方がない」

「スーはおじいちゃんのことが大好きですよ」

「そうかい」

「はい」

村長さんは、ちょっと困った顔になって言いました。

「いろいろすまなかった。ワシはどうも、できの悪いやつでな。人がいやがることばかりしてしまう。反省せにゃいかんな」

ミンディは何も言いませんでした。

村長さんがわかってくれれば、もうそれでよかったのです。

「ミンディ、何かワシが手伝えることはないか？」

村長さんが言いました。

ミンディはちょっと考えてから、言いました。

「それじゃあ、またお店のおそうじをおねがいできますか？　ジャンピエールさんだけだと、ちょっと心配で」

「そうか、わかった。ジャンピエールのやつ、ワシがおらんとダメなんじゃな」

村長さんは愉快そうに言いました。

「よし、さっそく明日から始めるか」

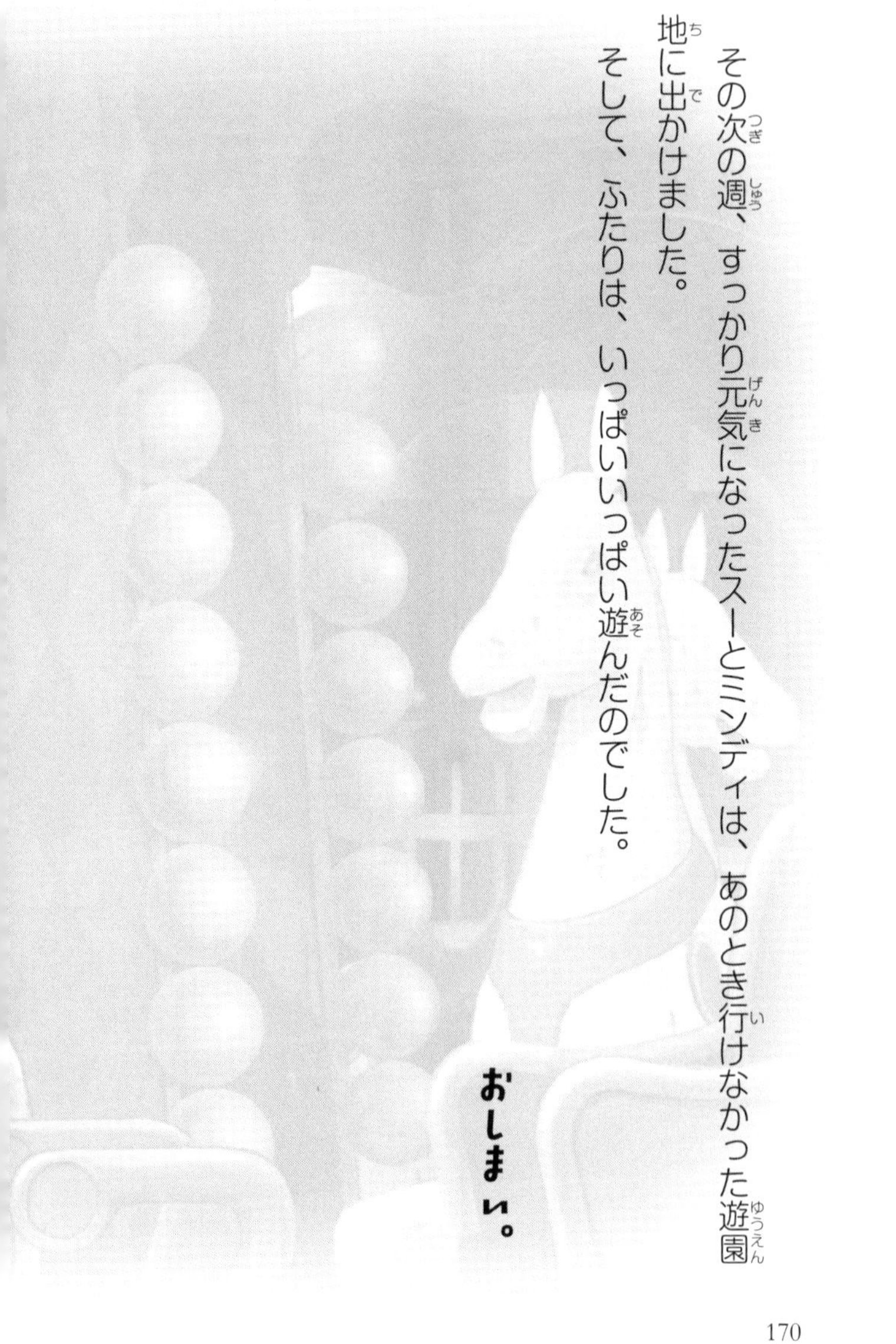

その次の週、すっかり元気になったスーとミンディは、あのとき行けなかった遊園地に出かけました。

そして、ふたりは、いっぱいいっぱい遊んだのでした。

おしまい。

ショートストーリー3

ロイがミンディにプロポーズ!?

スイーツランドでミンディに一目ぼれしてからというもの、ロイにいちゃんは、毎日窓辺に座り、ぼんやりと外を眺めて、ため息ばかり。

ジャッキーは、そんなロイにいちゃんのことが心配で仕方ありません。

「ねえ、ロイにいちゃん。いったいどうしちゃったの？　最近ヘンよ」

「うん、ぼくヘンなんだ」

「どうしてヘンになっちゃったのよ？」

「頭の中で、いつもミンディが笑っていて…ミンディが…ミンディが…だから、ぼくは…」

「ロイにいちゃん、しっかりして」

そこに、ディッキーにいちゃんが顔を出して、言いました。

「それは恋わずらいだな」

「こいわずらい？」

ジャッキーはなんのことかわかりません。

「ミンディのことが好きで好きで、病気になっちゃうことさ」

「ロイにいちゃん、ミンディのことそんなに好きになっちゃったの？」

ジャッキーがびっくりして聞くと、ロイにいちゃんは

「そんなにはっきり言うなよ。照れちゃうじゃないか」

と、顔を真っ赤にしました。

「だって、そうなんでしょ？」

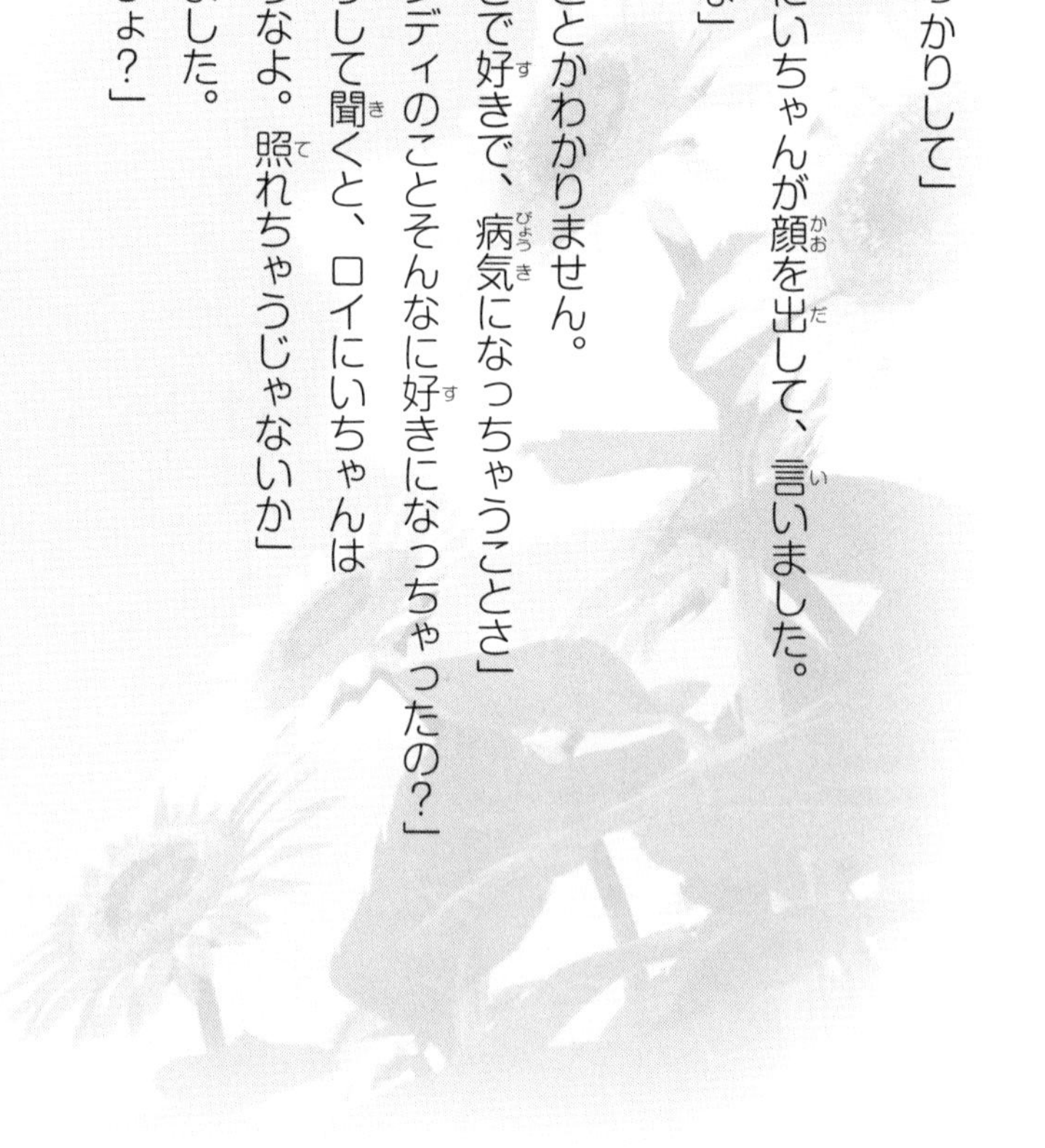

「う～ん、まあ、そうかもしれない」

「そんなに好きなら、ミンディに会いに行けばいいじゃない？」

「え？　そんな大胆なこと、ぼくはとても…」

「情けないなあ、もう…あたしがついてってあげるわよ」

「ぼくらもついてってあげるよ～」

おにいちゃんたちがいっせいに顔を出しては、なんだかニヤニヤ。

というわけで、ロイにいちゃんはミンディに会いに行くことになりました。

それって、もしかしてデート？

まあ、そうとも言いますね。

ひさしぶりにスイーツランドに戻ったジャッキーたちは、さっそくミンディのいる工房に行ってみました。

　ジャッキーがそーっとのぞいてみると、いました！　いました！

　もうすっかりパティシエさんらしくなったミンディが、テキパキとスイーツ作りをしています。

　なんと、ミンディのそばで手伝いをしているのは、あのイカサマパティシエのジャンピエールではありませんか。

　心を入れ替えて、パティシエの修行をしているみたいです。

「ミンディ！」

　ジャッキーが飛び出していくと、ミンディは、それはもうびっくり。

　でも、すぐににっこりして、うれしそうにジャッキーと抱き合いました。

「ジャッキー、ひさしぶり。元気だった？」

「うん、あたしはいつだって元気だよ」

「そうだったわね」

ふたりは、楽しそうに笑いあいました。

それからミンディの新作スイーツをごちそうになったジャッキーは、さっそくミンディにおねがい事をしました。

「え～？　ロイさんとデート?!」

ミンディは、またまたびっくり。

「そんなのはずかしくてできないわ」

「そんなこと言わないでよ、ミンディ。一生のおねがい！」

ジャッキーに頼まれて、ミンディは仕方なくオーケーしたのでした。

次の日、おしゃれしたロイにいちゃんとミンディは、スイーツランドに新しくできたかわいいカフェでデートをしました。

心配なジャッキーは、ちょっと離れたテーブルからふたりの様子を見つめます。

ほかのおにいちゃんたちはというと、こちらはひやかし半分で、何やらコソコソ話しながら、やっぱり遠くからロイにいちゃんのほうを観察しているのでした。

「あ、あの〜」

「はい」

「ぼくはジャッキーの兄の、ロイといいます」

「は、はい」

「もう、ロイにいちゃんったら、そんなこと知ってるわよ」

ジャッキーはやきもきしています。

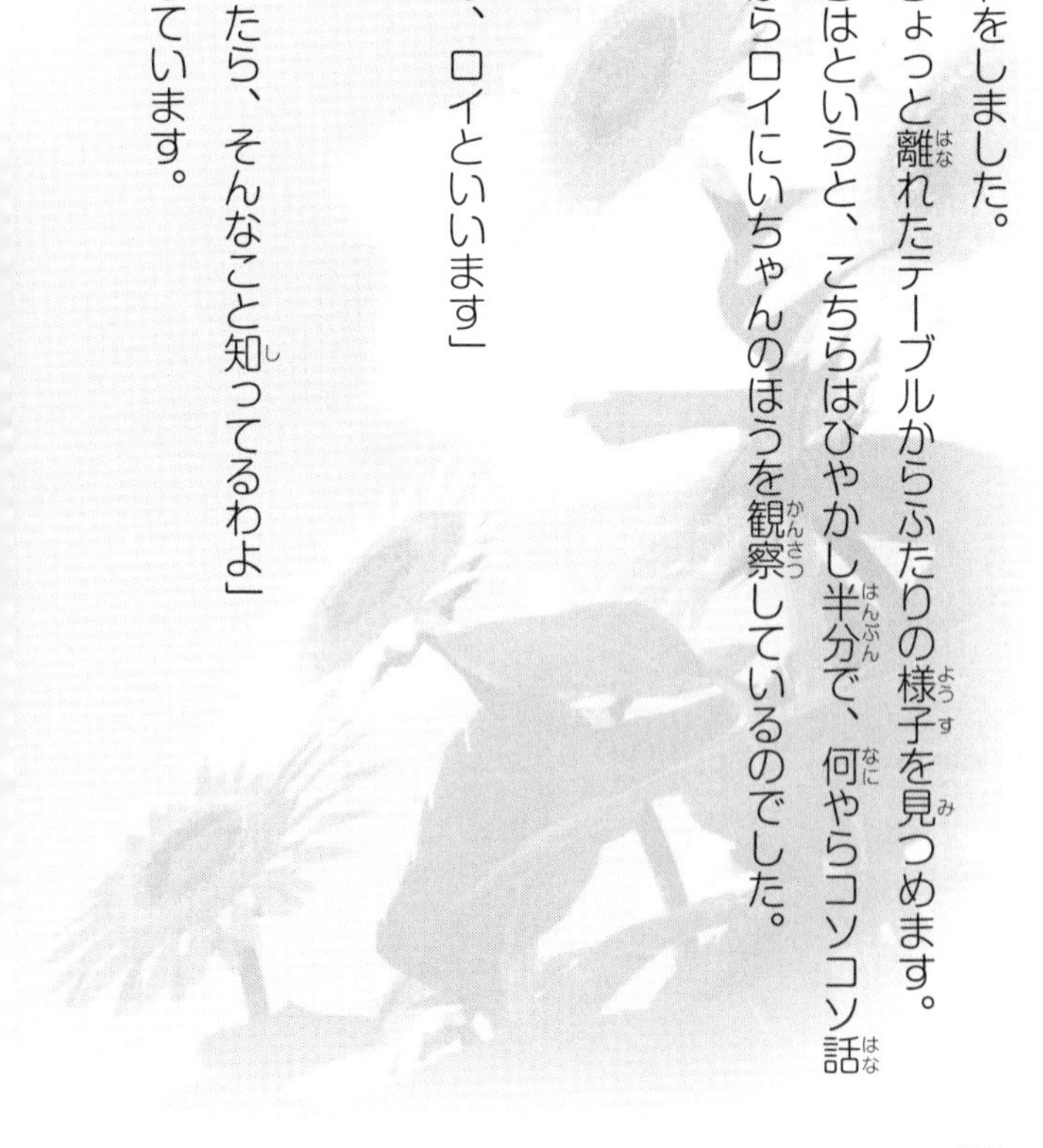

「あ、あの～」

「はい」

「これ、よかったら、食べてみてください」

ロイにいちゃんは、持っていた箱をテーブルに置きました。

ミンディが箱を開けてみると、中には不格好な形をした、いちごのケーキが入っていました。

「あ、あの～」

「はい」

「これ、ぼくが作ったんです」

「もう、パティシエさんのミンディにスイーツあげてどうするのよ！　ロイにいちゃんったらおバカさんなんだから」

ジャッキーはまたまたやきもき。

「あ、あの～」

「はい」

「それから、これ…」

ロイにいちゃんは、今度はバッグから黄色いバラの花を出して、ミンディにわたしました。

とたんにミンディは
「くしゅん!」

とくしゃみをしました。

「とてもきれいな…くしゅん!」

また、くしゃみです。

「風邪ひいたんですか？」

「ちがうわよ、ミンディはバラアレルギーなのよ。もうロイにいちゃんったら」

ジャッキーはもういてもたってもいられなくなりました。

「あ、あの〜。その花、とげがあるんで…」

ロイにいちゃんはか細い声で言いましたが、くしゃみ連発のミンディにはよく聞こえませんでした。

「え？」

ミンディが聞き返すと、ロイにいちゃんは大きな声で、なんと

「チューしてください！」

と言ったのです。

「え？」

「ロイにいちゃん、急にそんなに大胆になっちゃって、どうしたっていうのよ」
ジャッキーはもう我慢ができなくなって、ふたりのところに飛び出していきました。

「ロイにいちゃん、わたしの大切なお友だちのミンディになんてこと言うのよ！」
ジャッキーはぷんぷんと怒っていました。

「いや、ぼくは、あの～」
そこに、ほかのおにいちゃんたちも飛び出してきました。

「そうだよ、ロイ。女の子にいきなりそんなこと言うなんて失礼じゃないか？　あやまれよ」

おにいちゃんたちは口々にそう言いました。

「ごめんなさい。でも、ぼくは…」

「いいからこっちに来い！　デートはもうおしまいだ！」

おにいちゃんたちはロイにいちゃんをひきずって、お店から出ていきました。


「ミンディ、ほんとにごめんなさい。ロイにいちゃんがあんなに失礼なこと言うなんて思わなかったものだから」

ジャッキーはミンディにあやまりました。

「ふだんはとってもやさしいおにいちゃんで、あたしがいたずらしたって、いつも笑って許してくれるし、おやつとかも、ちゃんとあたしの分取っててくれるし…」

「やっぱり」

ミンディは、ちょっとうれしそうな顔になって言いました。

「え？」

ジャッキーはびっくり。

「ミンディ、怒ってないの？」

ミンディは首を振りました。

「そりゃあもちろん、最初はびっくりしたわ。デートなんて、はじめてだし、だから
……」

「うん」

「でも、ロイさんがやさしい人だってことはすぐわかった」

ミンディはほほえんで、言いました。

「ミンディ」

ジャッキーは、まだミンディがなぜ怒ってないのかわかりませんでした。

「だって、ロイにいちゃんったら、パティシエさんのミンディに、あんなヘタクソな

ケーキなんか持ってきたりして」

「ううん」

ミンディは首を振りました。

「たしかに見た目は不格好だったけど、味はおいしかったわ」

「え？　あのロイにいちゃんのケーキが？」

「うん、きっと何回も何回も作り直したんだと思う。わたし、パティシエだからわかるの。どんなに愛情をこめて作ってくれたか」

「そうだったんだ」

「うん、うれしかった」

「でも、バラアレルギーのミンディにバラを持ってくるなんて、バカみたいよね」

「くしゃみがいっぱい出ちゃったわ」

ミンディはなんだか楽しそうに笑いました。

「ほんと、ごめんなさい」

「でも、あの黄色、わたしの好きな色だった」

「そうなんだ」

ミンディはうなずきました。

「でも、でも…最後のは、どうしたって許せないわ」

ジャッキーは、また怒りがふつふつとわいてきて、言いました。

「はじめてデートしたミンディにいきなりチューしてください、なんて」

「あれはね…」

ミンディはおかしそうに笑いました。

「あれは、とげがあるからチューイしてくださいって言ったのよ」

「ええ？　そうだったの？」

「そうよ。ロイさん、一生懸命大きな声出したから、チューが強くなっちゃったんだわ」

「チューしてください、じゃなかったんだ」

「うん」

「ロイにいちゃんがそんなこと言うわけないと思った」

ジャッキーは、ほっと安心しました。

大好きなロイにいちゃんが、大好きなミンディにそんなひどいこと言うわけないと心の中では思っていたのです。

「ロイさんって、とってもやさしい人ね」

「うん、そうなの」

ジャッキーはうれしくなって言いました。

「ジャッキーが大好きなの、よくわかる」

「そう？　よかった」

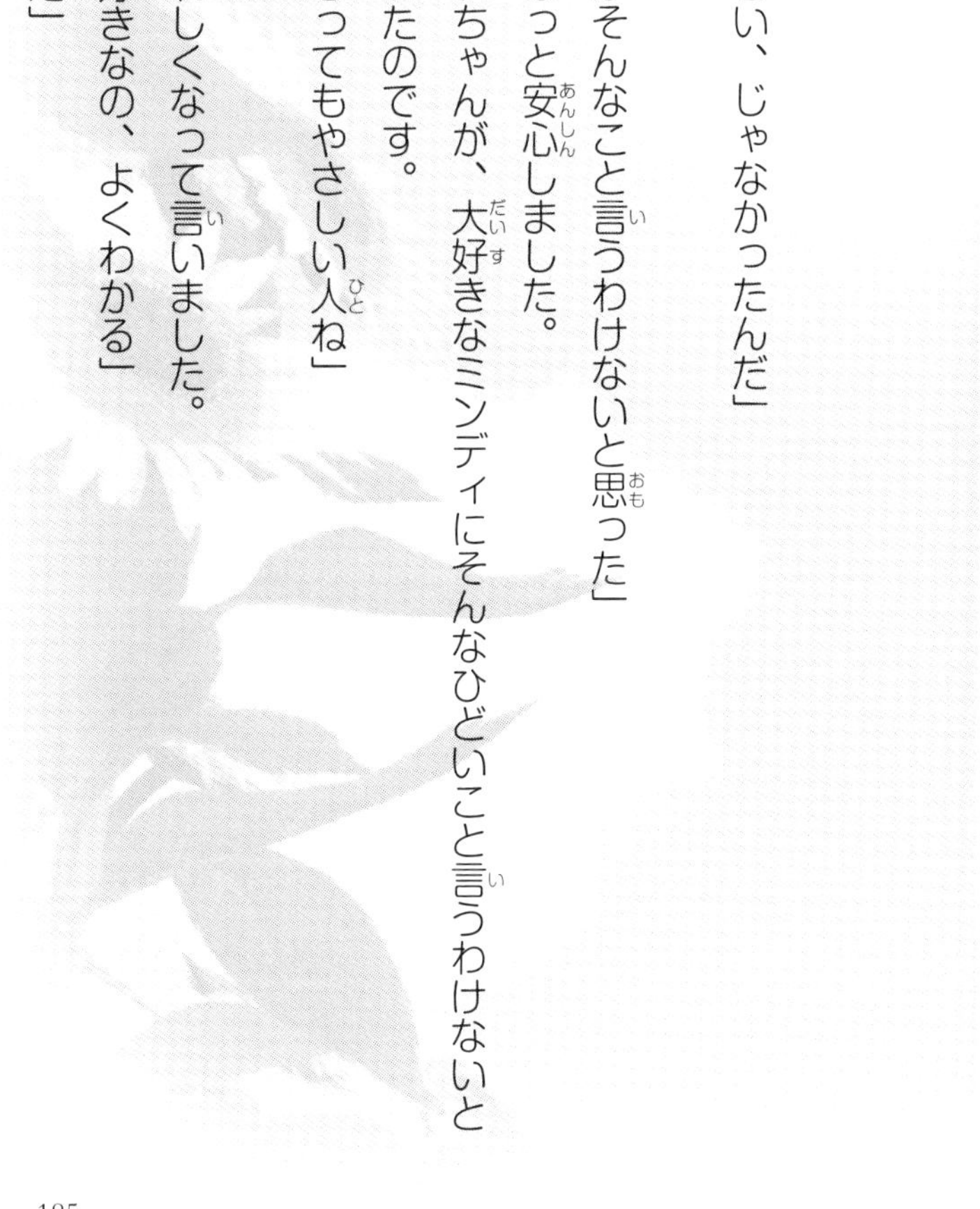

ジャッキーは、なんだか肩の力が抜けてしまいました。

肩の力が抜けたと同時に

「あ〜〜〜〜〜！」

と、すっとんきょうな声を出しました。

「ていうことは…」

「え？」

ジャッキーは興奮して言いました。

「もしかして…」

「なあに？」

「ミンディ、ロイにいちゃんのこと…」

そこに、おにいちゃんたちがどやどやと入ってきました。

一番うしろには、すっかりしょげたロイにいちゃんがいました。

きっと、ほかのおにいちゃんたちにこっぴどく叱られたんだと思います。

「ロイが自分であやまりたいって言うから、連れてきたよ。ほら、ロイ、ちゃんとミンディにあやまれ！」

ディッキーにいちゃんが言いました。

そしてほかのおにいちゃんたちがロイにいちゃんをぐいっと押して、ミンディの前に出しました。

「ちがうのよ、おにいちゃんたち」

ジャッキーはあわてて言いました。

「何がちがうんだよ、ジャッキー？」

「ミンディはロイにいちゃんのこと怒ってないの」

「え？　あんなひどいことしたのにか？」

「そうなの。怒ってないどころか、ミンディはロイにいちゃんのこと…」

「ん？」

「ロイにいちゃんのこと…好きなんだって！！！」

「え～～～～～～～？」

おにいちゃんたちは、びっくり仰天しました。

「やったなあ、ロイ！　じゃあ、さっそくお付き合いだ！」

おにいちゃんたちはロイにいちゃんを肩車しました。

そこで、ミンディは言いました。

「ごめんなさい！」

「え？」

「ロイさんのことはとてもいい人だと思います。でも、わたしは今スイーツランドのことで頭がいっぱいで…」

「うん」

「だから、いいお友だちで…」

それを聞いたおにいちゃんたちは、急にがっくり。

肩車に乗っていたロイにいちゃんはどしんと落っことされてしまいました。

「ロイ、残念だったな。どうも話がうますぎると思ったんだ」

シャッキーも言いました。

「ロイにいちゃん、元気出して」

でも、ショックを受けてるはずのロイにいちゃんは、なんだかうれしそうに笑っていました。

「おい、どうした？　ロイ。あまりのショックで…」

「ぼく、うれしい」

ロイにいちゃんが小さな声で言いました。

「ミンディと友だちになれて、ぼくうれしい」

それを聞いたミンディもにっこり。

「わたしもロイさんと友だちになれて、うれしいです」

そして、ふたりははずかしそうに握手をしました。

こうして、ロイにいちゃんとミンディは友だちになりました。

寄宿舎に帰ると、ロイにいちゃんはもうため息をついたり、ぼーっとしたりしなくなりました。

ジャッキーは、ほっとひと安心したのでした。


おしまい。

Shogakukan Junior Bunko

★小学館ジュニア文庫★

映画くまのがっこう パティシエ・ジャッキーと おひさまのスイーツ

2017年 7 月31日　初版第 1 刷発行

著者／あいはらひろゆき

発行人／立川義剛
編集人／吉田憲生
編集／油井 悠

発行所／株式会社　小学館
〒101-8001　東京都千代田区一ツ橋２－３－１
電話　編集　03-3230-5105
販売　03-5281-3555

印刷・製本／中央精版印刷株式会社

デザイン／水木麻子

キャラクター原案／あだちなみ・あいはらひろゆき

★本書の無断での複写（コピー）、上演、放送等の二次利用、翻案等は、著作権法上の例外を除き禁じられています。本書の電子データ化などの無断複製は著作権法上の例外を除き禁じられています。代行業者等の第三者による本書の電子的複製も認められておりません。
★造本には十分注意しておりますが、印刷、製本など製造上の不備がございましたら、「制作局コールセンター」（フリーダイヤル0120-336-340）にご連絡ください。
（電話受付は土・日・祝休日を除く9:30～17:30）

©Hiroyuki Aihara 2017 ©2017 BANDAI/The Bears' School Movie Project
Printed in Japan　　ISBN 978-4-09-231175-6

★「小学館ジュニア文庫」を読んでいるみなさんへ★

この本の背にあるクローバーのマークに気がつきましたか？

オレンジ、緑、青、赤に彩られた四つ葉のクローバー。これは、小学館ジュニア文庫のマークです。そして、それぞれの葉の色には、私たちがジュニア文庫を刊行していく上で、みなさんに伝えていきたいこと、私たちの大切な思いがこめられています。

オレンジは愛。家族、友達、恋人。みなさんの大切な人たちを思う気持ち。まるでオレンジ色の太陽の日差しのように心を暖かにする、人を愛する気持ち。

緑はやさしさ。困っている人や立場の弱い人、小さな動物の命に手をさしのべるやさしさ。緑の森は、多くの木々や花々、そこに生きる動物をやさしく包み込みます。

青は想像力。芸術や新しいものを生み出していく力。立場や考え方、国籍、自分とは違う人たちの気持ちを思い、協力しあうことも想像の力です。人間の想像力は無限の広がりを持っています。まるで、どこまでも続く、澄みきった青い空のようです。

赤は勇気。強いものに立ち向かい、間違ったことをただす気持ち。くじけそうな自分の弱い気持ちに立ち向かうことも大きな勇気です。まさにそれは、赤い炎のように熱く燃え上がる心。

四つ葉のクローバーは幸せの象徴です。愛、やさしさ、想像力、勇気は、みなさんが未来を切りひらき、幸せで豊かな人生を送るためにすべて必要なものです。

体を成長させていくために、栄養のある食べ物が必要なように、心を育てていくためには読書がかかせません。みなさんの心を豊かにしていく本を一冊でも多く出したい。それが私たちジュニア文庫編集部の願いです。

みなさんのこれからの人生には、困ったこと、悲しいこと、自分の思うようにいかないことも待ち受けているかもしれません。どうか「本」を大切な友達にしてください。どんな時でも「本」はあなたの味方です。そして困難に打ち勝つヒントをたくさん与えてくれるでしょう。みなさんが「本」を通じ素敵な大人になり、幸せで実り多い人生を歩むことを心より願っています。

小学館ジュニア文庫編集部